KB171144

가차 없는 나의 축법소녀

황성희

가차 없는 나의 촉법소녀

황성희

PIN
031

황병일과 곽상순에게

차례

PIN

031

가차 없는 나의 축법소녀

황성희

시

난동 직전

모든 것이 뜻대로 되지 않았다

나는 너무 빨리 자랐고
무모한 친절을 멈추지 못했다

단 한 가지 결말을 위해 수십 년을 허비해왔다
똑같은 모양에 머무르지 못하고 매 순간 무너졌다

한 번도 태어나본 적 없는 자식이 나에게
그것이 최선이라며
원어민에 가까운 발음을 구사했지만

나는 함부로 칼을 사용하고
안과 밖을 뒤섞고 싶어졌다

어떤 사람이 되기 전에 미리
어떤 사람이 되어두려고
시간의 손길이 닿지 않는
독보적 유기체가 되어보려고

확인하고 싶은 건
내가 끝난 뒤에도 남는 끝이었다

눈을 좋아한다고 겨울을 잘 아는 것은 아니지 않나
산책을 즐기지만 발걸음에 능숙한 것은 아니듯이

유기체가 가진 일직선의 힘과
되돌릴 수 없는 길의 구조
이미 만들어진 집과
저절로 도착하게 되는 집 사이에서

나는 횡단보도를 건너는
아무의 멱살이라도 잡아야 했다
한 번 정도는 확실한 것을 붙잡고
흔들어보고 싶었다

출발하지 못하는 차들이 비키라고
경적을 울려댈 때면
가장 큰 경적을 울리는 차를 향해
왜 달려들지 않겠나

꽉 쥔 주먹으로 차창을 깨는
구체적 사건을 저지르고
피범벅 손에 팡파르처럼
왜 경적을 울리지 않겠나

어쩌면 나는
이 한 장면을 위해 급조되었는지 모른다

살가죽이 째지고
뼈가 부서지는 타격감을 위해서라면

모든 호흡이 매도당하고 낭비되는
쓸쓸함이야 얼마든지

팔만 가지려고 했던 사람

어떤 여자가 활짝 웃으며 이쪽을 보고 손을 흔든다
아는 여자는 아니었지만
완전한 팔을 가진 여자였다
나를 향한 환대가 아니란 걸 알았지만 그래서
더 뛰었다 멀리서 보면 마치 달아나는 것처럼

허락되지 않는 걸 갖기 위해서는
낯선 용기가 필요했다

어떤 아이가 나와 동시에 그 여자를 향해 뛰었지만
나는 그 아이를 앞질러 여자의 팔을 와락 낚아챈다

이 팔만 나에게 넘겨주면 아무 짓도 하지 않겠다고
이 팔만 빠진 채로 태어난 내가 이제껏
스스로에게 저지른 모든 악행을 멈추어보겠다고

이런 환대는 도대체 팔의 어디에서 나오느냐고

양팔에서 풍겨 나오는 수용의 냄새를
온몸에 묻힌다
여자는 절규하며 내게서 두 팔을 빼앗으려 한다

너무 이기적이잖아
이런 팔을 평생 혼자 갖겠다는 건

나에게 선수를 빼앗긴 아이가 울음을 터뜨리지만
조금의 망설임도 없이 여자의 팔을 훔쳐 달아난다

평생의 소외를 위해서라도 한 번은 나빠져야 했다
여자의 비명과 아이의 눈물을 비롯해 다른 것은
아무것도 건드리지 않았다

하지만 여자로부터 떨어져 나온 팔은 냉담해졌다
환대와 수용을 멈추고 차갑게 식어가기 시작했다

나는 여자의 팔을 얼굴에 갖다 대고 문질렀다
어머니가 하던 것처럼 그 팔로 나를 때려보았다
내게 닿던 유일한 손길을 재현해보았다
그럴수록 여자의 팔은 점점 더
엄격한 각도로 굳어간다

이번 生에도
용서받는 아이는 되지 못할 모양이었다

벌겋게 온몸이 부어오른 아이의 주변으로 하나둘
양팔을 가진 사람들이 모여들기 시작한다

거북처럼 보이는 오리이자 돼지이며
심해어를 표방하는 최신 유인원

그것은 성인 손바닥 크기였다. 산책길에 우연히 그것을 발견하고 지인에게 전화를 걸었다. 나는 그것이 민물 거북 같다고 했는데 지인은 오리에 더 가깝다며 그가 아는 실험실에 의뢰해 이것의 정체를 밝혀줄 것을 부탁했다.

실험실에서는 돼지에 대해 더 이상 밝힐 것은 없다면서도 지느러미처럼 생긴 꼬리 때문에 완강한 거절은 하지 못했다. 그들은 돼지의 꼬리지느러미에 초점을 맞춰 학명을 뒤지기 시작했다. 이들과 공동으로 몇 개의 프로젝트를 성공리에 마친 한 저명한 박사는 그것이 심해어보다는 최신 유인원에 가깝다는 결론을 내렸지만

그냥 거북이라 믿을 것을, 나는 후회하였다. 마침 어항이 텅 빈 참이었다. 그것이 무엇이든 상관없이 내가 원하는 모양으로 끝까지 우기지 못한 태도를

자책했다. 거북처럼 보이는 오리이자 돼지이며 심해어를 표방하는 최신 유인원을 물속에서 키울 수 있는 기회였는데.

시간이 지날수록 미안함이 더해갔다. 그대로 내버려두는 게 최선이 아니었을까. 고양이와 내가 이제껏 서로를 용인해온 것처럼.

다시 산책을 나갔을 때 나는 그것을 처음 발견한 자리에서 한참을 웅크리고 앉아 있었다. 거대한 등껍질을 가진 무언가 물속을 거슬러 오르는 듯 하천의 물살은 물보라를 일으키며 뒤집어지고 있었다.

그때 마스크를 쓴 어떤 여자가 나를 번쩍 들어 올려 요리조리 내 얼굴을 살피더니 어딘가로 전화를 걸어 방금 거북처럼 생긴 어떤 것을 주웠다며 보러 오겠냐고 물었다. 그러고는 자신의 위치를 설명하기 시작했다.

풍선껌의 서정적 측면

풍선껌을 씹다가 눈물이 났다

어떻게 이 딸기 맛을 그만둘 수 있을까

윗몸일으키기를 하다가 눈물이 났다

어떻게 이 숨찬 맛을 그만둘 수 있을까

아니 어떻게들 그만두셨나

그 모든 미라와 미라들은

그만두는 것을 이토록

그만둘 수 없는 나는 말이다

아버지의 머리칼을 쥐어뜯으며

상상에 박차를 가한다

해바라기의 끝 조약돌의 끝

축구공 신발 개구멍의 끝

구름에게 놀란 구름이 새카맣게 질려 뭉개진 자리

태양은 그 뒤에 숨어 캄캄한 눈물을 흘린다

차갑게 식을 체온을 위해 미리 몸을 던지는 빗줄기

황급히 우산을 펼쳐 들고 당신과 당신이

잰걸음으로 피하는 것은 무엇인가

발자국은 젖지 않은 채로

어디까지 어리석을 수 있나

그림자는 자신의 끝을 목격하기 위해

눈을 부릅뜨지만

나무는 어떻게 그 푸르렀던 맛을 그만둘 수 있나

아버지를 그만둔 아버지 위로

오래오래 흙이 뿌려진다

단물을 삼킬 때마다 나의 사지는

있음과 없음을 향해 공평하게 부풀어 오른다

풍선의 모든 것이 현재가 없이는

불가능한 일이었다

비록 그것이 터지기 직전의

아슬아슬한 맛이라 하더라도

안간힘의 세계

새날이 시작되었다

누군가 바닥에서 쇠망치를 두드린다
망치질을 당하는 그것은 아마
납작해지는 중이겠지
튀어나온 것은 들어가고
들어간 것은 평평해지는
안간힘의 세계가 펼쳐지고 있겠구나

새들은 전부 어디로 갔을까
새날을 맞이하여 어제처럼 지저귈 새는

망치는 계속해서 새날을 두드린다
어제와 같은 날로 만들기 위해
균형이 맞춰지는 정갈한 비명이

새날의 오전을 장식한다

어느 층에선가 문 닫히는 소리가 들린다
그와 그녀는 이제 겨우
집으로 돌아왔을 수도 있고
이제야말로 이 집을
박차고 나갔을 수도 있다

이곳에 오기 전 딱 한 번
나는 부모를 잃었고
평생 고아로 늙어가는 중이다

수많은 새날을 한 장씩 찢어가며
내가 기다린 것은
딱 한 번 잃어버린

나의 집으로 돌아가는 날

기다리는 동안 나는
어머니도 모르게 자라버리고
정말 미안하게도 몇 명의 아이들을
다시 이 세계로 불러들였다

무엇을 잃어버렸는지 아직은
알지 못하는 아이들이 다 자라기 전에
나는 해답은 아니어도
맨 처음으로 돌아가는 방향
그거 하나만은 갖고 싶은데

누군가 대답처럼 쇠망치를 두드린다
튀어나온 눈물이 탕탕 우그러지고

슬픔으로 굳은 어제가 탕탕 펴지면서
모든 사건이 평평해지는 일과를 견뎌낸다

울퉁불퉁 망치 자국만 남은 몸을 향해
새날의 정오가 다가오고 있다

앰뷸런스가 지나간다

누군가 또 길을 잃고
이 세계 속으로 추락했나

오랫동안 비상의 누명을 썼던 새는 그저
본래의 자리로 돌아가려 했을 뿐이었다

하늘은 새의 염원이 아니라 지상일 뿐이었다

공의 마음과 스윙의 향방

지독한 슬럼프였다
대단한 슬라이딩을 한 것도 아닌데
일어나지 못했다
배트를 휘두른 것이 상상일 줄은 시즌 내내 몰랐다
수십 년 공들인 타격 폼은 한 번도 쓸모가 없었고
나는 번번이 공의 정면을 놓쳤다
몸을 풀던 선수 몇몇은
시작과 끝이 뒤엉킨 채 퇴장했고
기자들은 죽음에 관한 특정 질문을 빠트림으로써
인터뷰가 삶의 본질을 왜곡하는 것을 도왔다
나는 번트에 실패한 뒤 항명하는 손목을 잘라냈고
아버지는 연명장치도 없이 삼진 아웃을 당했다
야유로 가득 찬 더그아웃에서 빈볼이 날아들었다
췌장을 강타당한 아버지는 파울석으로 날아갔고
어머니는 시합 내내 주먹질로 암호를 대신했다

내야를 책임지던 언니가 공 대신

눈알을 뽑아 던진다

병살타를 친 동생이 냅다 뛰어가

투수의 목을 비튼다

관중석은 끝없는 연장전에 대한

불안과 공포로 가득했고

오빠는 리비아에서부터 참아왔던

오줌을 홈에다 갈긴다

말리는 사람이 아무도 없었기 때문에

오빠는 울면서도 오줌을 멈출 수 없었다

나는 그라운드의 밖을 향해 걸어 나간다

평생을 도루에 골몰해왔다는 걸 이제 알겠다

그라운드는 작심한 듯

내가 다가설 때마다 물러난다

한 번도 가본 적 없는 외야 깊숙이 날 데리고 간다

어떤 공에든 한 번은 제대로 속아보고 싶었다

헛스윙을 날리며 멋지게 휘청이다

쓰러지고 싶었다

김수영도 아니면서

그 흔한 비애도 설움도 없는 정전의 저녁
넷플릭스를 새로 깔고 사용법을 정독한다

다양한 디바이스 모두에게
공평한 콘텐츠와 접근 호완성
어디서든 내가 보던 괴로움을
연달아 관람할 수 있다

마침 거실에는 아무 군대도 없었지만
한복판에 세워진 철책에 대해 나는
의구심도 의아함도 두려움도 아닌 그저
함부로 걷다 걸려 넘어지지 말아야겠단 마음뿐
이 집에 사는 동안만은 아무도 모르게
염치 불고 호의호식 무사안일 하기를

철책 너머 몇 개의 구호가

저녁 식사 대신 걸려 있다

설마 또는 그래 봤자 하며

겸손 거만 무지하게 버티다가

폭파가 일어난 화장실로 달려간다

똥이 피처럼 튀긴 자리에는 깨진 약속과

유행 지난 도끼와 몇 장의 삐라

부서진 페트병에서 흘러내린 쌀알들이

비무장의 자세로 흩뿌려져 있다

넷플릭스 무료 체험 신청을 앞두고 나는

한번 종속되면 영영 해지하지 못할까 걱정이다

오래전 삼면이 바다로 둘러싸인 욕조에

푸른 거선의 정박을 허락한 이래
무엇을 받아들일 것인지 대대로 고심했지만
가슴 터지던 녹두밭에서 거대한 혁명을 잃고
제 힘으로 서는 일은 복잡한 일이 되었다

갑자기
이것이 누구의 철책인지 알 수 없어졌다

누구나 이용 가능한 넷플릭스처럼 어느덧
우리의 집은 모두에게 공평한 전장이 된 걸까
교대로 들락거리며 자기 집처럼 군대를 옮기고
함정을 배치하고 담화를 발표하며
푼돈을 투자하고 큰돈을 벌어 간다

루프 톱을 연 탱크가 신호를 무시하고 달려온다

이만한 평수를 유지하는 댓가로 우리는
그들의 의지대로 안전해지는 쪽을 택했구나

슬픈 일인데 화가 나고
화가 나는 일인데 슬픔이 치미는
이 모순의 트렌드를 어찌할까

부엌에서는 밥 짓는 연기가 가스 후드로 빨려든다
누구라도 밥은 먹어야 하니까
생활은 그런 것이니까
밥그릇에 수북이 담긴 밥 같은 거니까

이것은 설움도 비애도 고절*도 고전도 아닌데
거실의 철책은 우리 것이 아닌 듯한 의기소침함에

다시 못 볼 부모님의 존함이라도 불러보고 싶지만

부끄러움 위로 부끄러움이 치렁치렁 레이어드된다
트래디셔널하며 지성하며 반성까지 다 되는
다용도의 부끄러움이여

나의 무능은 오랫동안 나의 발뺌을 거들지 않았나

이 시간의 이름도 모르면서 여태껏
살아버린 것처럼
불확실한 시간 속 확실한 철책처럼
나와 넷플릭스처럼
구동되고 작동되고 상영되며
시시각각 제목이 바뀌는
구름의 자태 같은 것들이여

실패한 뼈라 같은 눈물이 흐른다

불가능한 오늘의 위로
가능한 오늘의 모든 것들이
진행된다

* 고절孤絶, 김수영의 시 「생활」에서 빌려 옴

락앤락의 새로운 용기와 신흥 자본가의 출현 그리고 세계의 밖

엄밀히 말해 이것은 부녀회장에 관한 시는 아니다. 부녀회장은 그런 재목이 아니라는 점에서, 과오와 방송 분량은 정비례할 필요가 없다는 점에서, 나는 K와 옥신각신했다. K와 나는 놀이터 모래 교체 시점까지만 해도 함께 차를 마셨으나, 부녀회의 다시멸치 부정 수급 이후 눈도 안 마주치다가, 도색 시공사 선정 비리 대목에선 어딜 봐서 803호가 부녀회장감이었냐며 K는 마주칠 때마다 나의 안목을 까 내렸다. 나는 어떤 목적도 주민권 행사에 우선할 수 없다며 맞섰지만 나 역시 내 말을 다 믿지는 않았다.

부녀회장은 살인 현장에 없었다는 이유만으로 용의선상에서 제외된 채 칩거 중이었다. 표면상 사유는 어깨 수술이었고 진의는 너무 깊이 가라앉아 있었다.

K는 자신이 이뤄낸 가택연금이라며 현수막까지

대동했지만 용기가 없기는 K나 나나 마찬가지 같았다. 사실 어떤 종류의 용기가 없는지도 알지 못했다. 반성의 사용법을 몰랐기 때문에 냉장고에서는 꽤 많은 행동들이 썩어가고 있었다. 그럴 때마다 락앤락의 밀폐력을 탓하다가도 행동이 훤히 들여다뵈는 유리 뚜껑 때문에 안심하곤 했다.

아파트의 잦은 부도 연혁을 생각할 때 부녀회장과 토착 세력의 상관관계는 연구할 만했지만 그것이 차기 부녀회장 선거나 아파트의 존폐와 무슨 상관일지 생각한 다음 날, 난 갑자기 온몸이 회색으로 변했다. 어디선가 진부한 보호색의 냄새가 났지만 어쨌든 난 그것이 야식으로 먹은 치킨 알레르기라고 단정 짓기 위해 온몸에 붉은 두드러기를 그려 넣기 시작했다.

K는 부녀회장이 차기 동대표 선출에 관여하는 것

을 막겠다며 주민회의실 앞에서 단식을 시작했다. 물론 난 배달의민족을 통해 K가 비밀리에 간짜장을 시킨 첩보를 입수했지만 폭로를 서두르진 않았다. K는 행동의 부패를 막는 숨 쉬는 용기와 투명도를 개선한 유리 뚜껑 개발을 위해 지역의 유망 중소기업과 긴밀히 접촉 중이었던 것이다.

책 같은 데서 보니까 K에 대한 나의 이러한 양가 감정은 감기처럼 흔해서 결국은 질병이 아니었다. 뿐만 아니라 두드러기가 완성될 때까지 나는 시간을 벌기에 좋은 몇 가지 핑계를 생각해뒀다. 핑계의 내용보다는 시간을 번다는 표현에 마음을 빼앗겼다.

그렇게만 된다면 막강 자본가가 되는 것은 순식간이었다. 나는 잉어처럼 부드럽게 사건에서 빠져나와 두드러기를 채색하기 시작했다. 그곳은 마치 물속처럼 편안하고 조용했으나 세계의 밖은 아니었다.

나를 찾으러 오는 사람은 없었지만 그렇다고 내가
없는 것도 아니었다.

심해어 도전기

며칠 두렵지 않은 채로 나뒹굴었다. 온갖 신념으로 도배된 방에서 햄버거를 시답잖게 씹으면서도 감자튀김은 나눠주지 않는 자식. 양상추 씹는 소리가 무례하기 짝이 없다.

하긴 요즘은 그런 소리도 돈이 된다지? 아무것도 팔 게 없는 나는 이불 속으로 단단히 오그라든다. 팔다리가 이불 밖으로 빠져나가지 못하게 한다. 햇빛이 피부에 닿는 소리만으로도 들킬지 몰라. 내가 여기 있다는 걸, 아무 괴로움 없이 그저 나뒹굴고 있다는 걸.

아, 무엇으로 변명해볼까. 백색 몸통에서 뻗어나간 원인 모를 이 사지를. 이 사지가 저지른 그렇고 그런 역사들을.

이대로 이불 깊이 파고들어 심해어가 될까. 언어가 범접할 수 없는 생김새를 가진 채로, 물 밖에 대한 동경도 두려움도 불안도 단념한 채, 한 치 앞도 모르는 어둠 속에 나를 놓아줄 수만 있다면, 최선을 다해 퇴화된 사지 앞에서 더 이상, 나를 게으르다고 비난할 어머니는 없으시겠지.

녹아내리는 빙산에 대해서도 걱정하지 못할 거야. 머리가 쪼그라든 채 살아갈 테니까. 심해의 기압 같은 건 내가 받는 시간의 압력에 비하면 아무것도 아니야. 쌓여가는 쓰레기도 여기까진 쳐들어오지 못하니까, 정말이지 세상의 모든 잘못으로부터 나는 안전하겠어. 명분만으로 도살당한 돼지들아. 영문 모를 원한이 녹아내린 피의 지하수도 여기까진 닿지 않겠지.

그 흔한 아파트에도 들어가지 못하는 주제라면 살아 있는 게 소용없어. 내가 가진 건 팔기도 어려운 낡은 구멍 한 개와 영문도 모른 채 싸지른 몇 마리 새끼뿐. 알려진 건 아무것도 없다는데 돼지들아, 누가 나 같은 밑도 끝도 없는 유기체가 되고 싶겠니?

팔찌를 낀 팔이 곧 쪼그라붙겠구나. 나는 저절로 절필하게 되겠네. 심해에선 얼마나 좋아. 멀쩡한 팔을 가지고도 고전을 탄생시키지 못할 바엔 사지가 오그라붙은 채 몸통과 한통속이 되어 모래 바닥 속에 숨소리나 새기는 편이 낫다.

이제 더 이상 사랑할 어머니도 없고, 참여할 문제도 없고, 나 자신이 될 용기는 더욱 없지.

그러니 가자, 더욱 깊은 이불의 밑으로, 아무것도 나의 책임이 아닌 곳으로. 떠나자, 없는 눈을 가지고 피부 호흡을 하는 백색 몸통의 심해어를 향해, 한 덩어리 눈물을 향해, 헤엄치자.

어떤 용서에게는 잔인한 일

살의를 잃어버리고 나는 물렁해졌다
아무 칼에나 쉽게 껍질을 허락하는 사과처럼
원한은 잊고 좋은 사람이 될 모양이었다

아까는 순한 얼굴로 장시간
어머니와 한담을 나눴다

과거는 그만 나의 현재로부터 사라지려는 건지
해변만 남겨두고 죄다 빠져나간 파도처럼

그 싱싱했던 적의는 어떻게 사라진 것인가
너무 많은 시간이 너무 빨리 지나갔다

선생님들께서 괜히 고리타분해진 게 아니었다
변절과 타협이 괜한 기교만은 아니었다

이 모든 게 그 누구의 잘못도 아니라니
나의 원한에게 이해와 같은 일이 벌어지다니

살의를 잃어버리고 나는 오래된 사과처럼
더 이상 단단하고 아삭아삭할 일이 없어졌다

감옥 밖을 상상하고 탈주를 꿈꾸는 일도 없이
여기는 이제 버젓한 나의 집이 되었다

원한이 새어 나간 빈주먹이 바닥을 뒹군다
이제 다시는 칼을 들 수 없게 되었다

어머니는 슬슬 헛것을 보신다는데
돌아오는 길에는 어디서 많이 보던 비도 내리는데

감옥이 집이 되자 나는 탈옥할 일이 없어졌다
죄수 될 의지는 그대로인데 어린 소년만 버려졌다

현관문을 열자
옹기종기 모인 발자국들이 원한처럼 달려든다

베드타임에 들기엔 부담스러운 동화

너에게도 망치를 내려칠
손가락은 필요하겠지

타인에게 도착할 표정을
중간에서 가로채며

나는 외로움의 극단이
살의로 악화되는 것을 지켜본다

이런 쌍— 방향의 민주적 성장

머리 한 귀퉁이가 터진 채
세계 속으로 조금씩 개방된다

기억과 비명과 정서가

하나의 소용돌이로 휘말린다

피가 스민 눅눅한 땅에서
온전한 나를 골라내보라

너는 슈퍼맨이 아니라고 했지
자신을 과대 포장 하는 것 말고는
키가 크는 법을 모르는 아이들은
추락하면서도 끝내 작고 어린 손을
허공을 향해 뻗쳐 든다

도화지 밖으로 나무가 뻗어 나가자
나는 교실 밖으로 쫓겨났다

내가 맞지 않다면 도대체

누가 옳다는 것인가

아이는 피가 빠져나간 쪼글쪼글한
얼굴로 궁금한 비명을 지른다

모든 것을 다 살아서 경험하겠다는 것은
용기가 아니다

아이는 성숙을 원했을까 날고 싶었을까
성숙하고 싶었기 때문에 날고 싶었겠지
날고 싶었기 때문에 성숙하고 싶었겠지

어쩌면 누군가 조곤조곤
설명해주길 바랐을지도 모른다

이다음에 썩으면

다 자라서 훌륭하게 썩으면

그때는 무엇이든 될 수 있다고

나와 비데와 비데

한 글자 한 단어 한 문장만으로 설명하는 자를 설명할 수 있다면, 컵이면 컵, 접시면 접시, 열쇠면 열쇠, 그냥 좀 알아들으면 안 되나. 하지만 식탁은 사건 이전에 벌어진 생각들로 이미 가득하고,

머리인 척 갸우뚱대는 머리 때문이 아니라, 손가락을 맹신하는 손가락 때문이 아니라, 연필을 가르치는 연필 때문이 아니라, 아무리 통제하고 압박해도 자라나는 결국은 손톱이 문제란 말인지.

고양이는 고양이가 되기 위해 얼마나 노력했겠나. 개는 나무가 되지 않기 위해 얼마나 연습했겠나. 이제 겨우 내 모양을 알 것 같은데, 시간으로 사지가 꽁꽁 묶인 채, 비데를 쓴 지 몇 년 만에 엉덩이는 벌써 녹초가 되었다. 비데보다 먼저 썩어빠질 위기에 처했다.

아직 사용 못 한 비데가 얼마인가. 진작 아무 비

데나 막 쓰는 건데. 모든 가능성을 사들이는 통 큰 소비자가 되는 건데. 나는 도대체 무엇이 되려고, 무엇이 안 되려고, 집중했을까 아니 도망쳤을까.

이럴 땐 벌떡 일어나 오줌이나 누러 갈밖에. 아무도 날 끼워주지 않으면 어떡하지? 같은 조바심은 언제나 대환영. 그건 내게 안부 전화나 겸손 같은 사회적 반응을 유발하니까. 간혹 의견 충돌의 축복이 있다면 말싸움 같은 걸 해볼 수도 있겠다. 그때는 애지중지 간직해온 서로의 오답을 울며불며 베껴 쓸 수도 있겠네.

그때 내 몸에서는 제법 이 세계의 사람 냄새가 풍기겠지? 다행히 비데는 그 자리에서 싱싱하게 날 기다리고 있겠다. 따뜻한 온도와 물의 쾌활함을 가지고.

갑자기 어느 날들이 몰려왔다

자명종은 요강 속에서 숨이 막히면서도 울었다
아버지가 곤색 양복을 입고 전매청으로 출근한다
어머니가 벌게진 얼굴로 우황청심환을 씹고 있다
욕실 문틈으로 불쑥 언니가 코텍스를 들이민다
지금은 오늘 같은 어느 날에만 갑자기 벌어졌다
어제도 내일도 없어지고 평생이 어느 날이었다
성공독서실에서 배를 깔고 엎드려 최승자를 읽었다
전매관사 화장실에서 오줌으로 어린 거미를 적셨다
술 냄새 나는 남자와 축축한 키스를 한다
피멍이 사실로 만든 몸으로 목욕탕에 간다
노란 주문을 매단 효목동 은행나무를 맴돈다
안동여중 비탈길을 내려오며 달을 올려다본다
올려다보는 내내 나는 계속 나를 이어가고 있었다
돌아갈 곳이 집밖에 없는 여기는 무척 완고한 곳
몸이 진짜로 움직이는 게 무서워 눈을 감았다

눈꺼풀이 깜빡이지 않으려고 안간힘을 쓴다
터져 나오는 웃음을 참을 수 없어 끝내 울었다
언제부턴가 달력 속에는 어느 날만 있었다
어머니 아버지처럼 홀연하고도 당연하게 있었다
어느 날 중 하루도 해가 뜨지 않는 날은 없었다

가차 없는 나의 촉법소녀

장 선생과 마찬가지로
나 역시 그런 글쓰기를 원했다
게다가 난 이미 도처에서 독자와 만나고 있었다
어머니 없이도 어머니를 믿고 자라는 아이처럼
그래서 아이는 어머니에게
앙심을 품게 되는 것이지만
어머니가 없는 곳에서도
어머니가 생겨나는 게 싫어서
언제 어디서나
어머니를 극복한 듯 보여지고 싶어서
시시각각 속에 들어찬
어머니와 어머니와 어머니들
나만 이런 마법에 걸렸다고 생각하지 않을 거야
그렇지 않으면 이 세계 전체가
나의 적이 되어야 하니까

환청을 들으며 여기까지 걸어오신

선생께서는 아시겠지

환청도 없이 버텨야 하는 이 세계는

얼마나 큰 공포인지

천지에 집을 만들어놓고

어머니는 코빼기도 안 보이고

차라리 매질을 당할 때가 좋았어요

내가 있는지 없는지 알 수 없을 때는

손가락을 넣고 토해서라도

목구멍이 거기 있는지 확인하고 싶어

피멍이 좀 들면 어때 그것이 평평한

내 등을 사실로 만들어줄 수만 있다면

난 이 등허리를 마음껏 펼치거나

쪼그릴 수 있을 텐데

어머니는 누구 마음대로 늙고 쇠약해지셨나

첫 울음을 배운 것이 엊그제 같은데
손수 가르쳐주실 게 죽음밖에 남지 않았다니
용서하지 마세요
단 한 번에 실수 없이 졸라드릴게요
수십 번 수천 번도 더
태양을 상대로 연습한 일이었어요
작고 가녀린 시간의 통로와
예기치 못한 끝에 대해
공손하고 끊어짐 없는 손길로 한 번 정도는
나도 가르쳐드리고 싶었어요 한 번 정도는
나도 어머니의 어머니가 되어보고 싶었어요

어떤 속도와 종료 시점의 혼란

그때 나는 어느 마트의 지하를 걷고 있었다
천장에는 줄과 열을 맞춘 여러 개의 안전한 태양
조도가 일정한 대낮을 선사하는 하늘 아래
풀이 자라지 못하는 플라스틱의 평지를 나는
온순하고 한결같은 표정의 카트와 타박타박 걸었다
간혹 덜 자란 아이들이 위태롭게 두 발을 사용했다
나는 왜 이런 형태로 진화했는지 알 수 없지만
겨드랑이에 보통 맛 고춧가루 한 봉지를 낀 채
네 캔에 만 원 하는 수입 맥주의 곁을 지나친다
계산대에서는 바코드를 번역하는 작업이 한창이고
포인트는 방문한 모든 고객께 평등하게 적립된다
물론 몇 종류의 해결되지 않는 의문도 있었다
밤 맛이 난다라고 할 때의 밤 맛은 어떤 맛인지
나처럼 해보라고 할 때의 나는 어디에 있는지
뿌리가 절단된 풀들이 아직 숨이 붙은 채로

얇고 바스락거리는 투명한 수의에 싸여 있다

청렴한 냉기는 위생적 죽음의 유지에 여념이 없고

앞다리살만으로

돼지의 전체를 떠올리기는 어려웠다

출구 쪽에서는 아까부터 천연 원당이 세일 중이다

아무 불순물도 섞이지 않은 설탕의 원재료 앞에서

유리병 가득 차오른 매실의

달콤한 익사를 떠올린다

진열대를 빠져나온 생닭들이

잃어버린 각자의 대가리를 찾아

물음표처럼 꼬부라진 목으로 전력 질주하고

안내 방송이 알려주는 남은 시간과

고성이 점멸하는 카운트다운

세일의 마지막을 향해 달려가는

고객님과 고객님의 싱싱한 카트

내게 이로운 생각

개미굴에서 끝도 없이 기어 나오는 개미들을 바라보며 무엇이 이들에게 가장 이로울까 생각하다가 아이스크림을 베문 채 침을 뱉는다. 순식간에 단맛을 향한 바글바글한 줄이 세워진다.

단맛 형성의 배경에는 관심도 없이 단맛에만 열중한 개미들은 더듬이의 정교한 신호를 통해 더 긴 줄을 불러낸다.

어쩌다 한번 뱉은 침에 길고 검은 띠가 생겨난다. 작고 봉긋한 구멍 아래 개미가 너무 많아진 것이 문제였나. 저 안에도 정당은 있고 저 안에도 옳고 그름은 있어서 가래침을 향해 저들을 몰아붙이는 정책이 있는 게 분명했다.

과거는 현재의 스승이라는 노파심 부대의 개미, 다시는 베짱이를 도와줘선 안 된다는 원리 원칙의 개미, 전쟁으로 먹이의 종속을 정당화시키는 의존의 개미, 쓰레기 분리수거에 몰두하여 태생의 불안을 잊어버린 사적 개미들과 개미를 벗어나고 싶다면 개미처럼 번 돈 모두를 바치라는 이단의 개미들도 저기엔 있을 것이다.

나는 아이스크림을 덥석 베물고 잘근잘근 씹어 침과 섞는다. 나 또한 여기로 기어 오게 만든 것에 대한 분노가 왜 없겠는가. 그럼에도 불구하고 생각해야 한다. 무엇이 개미들을 위해 가장 이로운 방법일지.

나는 손가락 하나를 그늘과 함께 뻗어 대열의 몇 마리를 짓이긴다. 일순 개미들이 얼어붙듯 멈추더니 갑자기 대열이 흩어진다. 그러더니 짓이겨진 놈들을 입에 물고 굴로 돌아가는 몇 마리를 제외하고는 다시 단맛을 향한 대열이 재정비된다.

나는 바로 옆에 아까보다 더 걸쭉하고 먹기 편한

아이스크림 침을 뱉는다. 침이 떨어지는 진동을 느꼈는지 앞 대열의 몇 마리가 새로운 침 덩어리를 더듬는다 싶더니 순식간에 한 줄이 두 갈래로 나누어진다.

개미들에게는 맛 이전의 세계에 대한 고민이라는 게 없는 것일까. 내가 바라는 것은 개미들의 밖에 있는 것일까. 그들이 바라는 것이 나의 밖에 있듯이.

누가 나에 대해 이로운 생각이라도 하고 있나. 그래서 아직 아무 일도 없는 중인가. 그래서 어두운 그늘 하나가 천천히 하늘에서 내려오는 중인가.

당신들만 부를 수 있는 노래

많은 이들이 왜
얌전한 울분만 터뜨려왔는지 알겠다

이제 남은 것은 죽음과 그것을 뒤쫓는 언어뿐
문을 열고 내려가 나는 단단한 지표와 만나고

시 이상의 것을 허락받지 못한 생물이
한자리를 평생 걷는 장면에서 폭소가 터진다

웅덩이를 건너뛰고 안도하는 장면에선
거의 쓰러진다

우주의 주기에는 나의 멸종과
당신의 탄생도 포함될까

하나인 동시에 전체이며
개별이자 보편인 공포여

알 수 없는 것은 알 수 없구나
할 수 없는 것은 할 수 없구나

화가 나서 가만있었더니 그래도 늙는다
안간힘을 다해 달렸더니 그래도 늙는다

이 시간보다 몇 분만이라도 먼저 도착해
내가 나를 기다려볼 수는 없는 것일까

침대를 타고 하루 종일
허공 속에 떠 있었다

모든 일이 일어나는 동시에
아무 일도 일어나지 않았다

허공 속으로 육체의 수분만 증발하는 중이었다
나는 어디론가 부지런히 빼돌려지는 중이었다

당신들만 부를 수 있는 노래가 만들어지고 있었다

생물과 사실의 시간

아메리칸 레이스의 실용적 식탁보 위로 전통 차이나 문양의 보수적 접시와 있는 듯 없는 듯 백의의 밥을 보필해온 온순하고 무력한 밑반찬들. 중앙에는 급진적 유산균을 품은 공산 김치. 민족의 맛을 흉내 낸 다문화의 레시피는 서구 열강형 냉장고의 문 앞에 붙여두고 펜탈 샤프에 집착하는 백제의 도공 소녀. 어떤 소녀는 평생을 소녀에서 움직이지 못한 채 소금 기둥처럼 굳어가는데.

오늘도 하필 사실들이 많았다. 오늘조차 분명한 사실이었다. 누군가는 당장의 거짓과 위로가 필요할지 모르지만 나는 프로스펙스를 알아보는 상태로 온수 전용과 반복 시간을 읽어나간다. 매트릭스 모니터와 엡손 그리고 밀크 복사지 사이에서 불확실한 것은 나 자신밖에 없다.

예리한 칼날이 피부를 가르면, 새로운 차원의 문

처럼 피부가 열리고, 붉은 액체가 솟아난다. 아버지
가 모두 쏟아지고 난 뒤 아버지는 없었다. 껍데기도
사실이었고, 붙잡고 통곡했던 것도 사실이었다. 중
요한 것이 점점 시시해진다는 것도 사실이고, 그것
은 중요한 것이다.

　불안을 한자리로 끌어모으기 위해 산사태는 일어
나고 폭우는 쏟아진다. 우리는 다만 도망치거나 떠
내려가기 적당한 생물이 된다. 다리가 네 개면 좋겠
다거나 아가미가 있으면 더 좋겠다는 상상을 주고받
는 사실의 생물이 된다.

굿모닝 컨디션

아무 일도 일어나지 않았지만
어떤 일도 일어날 수 있다는 불안

깜빡이도 없이 앞지르기 하는 확고한 자식을 보면
이 세계에 대한 울분이 새삼 생겨났다

파마라도 새로 할까 싶은 날엔
달성하고 싶은 목표가 막 떠오르고
어떤 날은 시세 때문에 함구했던
아파트의 비리를 고발하고 싶다
문화센터 주차장 부지와
구의원의 관계도 밝히고 싶고

3년에 한 번씩 차를 바꾸는 상상과 함께
한평생 석유를 소비해온

나와 동지들의 운명을 생각한다

미세플라스틱에 대한 죄책감을

분리수거로 대신하며

분단이 부끄러운 일이냐는 아이들 질문에

사실이 어떻게 추상과 의미를 허락하는지

사실이 어떻게 상징만으로 스스로를 부풀리는지

화석의 일부를 보고

공룡의 전체를 추측하는 것처럼

휴전선을 보고

저마다의 전쟁을 발굴하게 될 아이들

그 못 믿겠다던 귀신같은 나를

어느새 꼭 붙들고 고깃집 알바라도 하면

애들 학원비는 대겠다 싶다가

대리운전이 뭐가 어때서
요즘은 그런 것도 자기계발인데 싶다가
케이블 먹방 앞에 먹던 밥이 시들해지면
마흔 평의 꿈을 꾼다

자비와 관용 같은 의식의 혜택을
스스로에게 베풀어본다
백세시대니까 백 세까지는
빚을 져도 되는 것 아닌가

어느덧 아까보다 조금 덜 두렵기도 하고
두려움을 살짝 잊은 것 같기도 하고
이미 안중에 없는 것 같기도 하다
그저 낭떠러지 위에서 음식 쓰레기를 버리고
양치질을 하고 자명종을 맞추는 일만 남았다

어쨌든 내일 아침 무사히
일어나면 되는 것 아닌가

어쨌든 내일 아침 여기로
돌아오면 되는 것 아닌가

이 시대의 승자란 고독사와 과로사를 극복한
컨디션과 굿모닝들이니까

안녕, 이다음에는
광야*보다 넓은 아파트에서
백마* 태운 SUV를 타고
대출 없는 초인*으로 만나자

* 이육사의 시 「광야」에서 빌려 옴

종이 한 장의 세계

그는 종이 한 장의 흔들리는
세계 속에 살고 있다

정오가 되면 그는
종이 한 장의 이쪽 끝에서 저쪽 끝까지
몸을 늘어뜨려 해먹처럼 매달린다

그는 양쪽 극단을 동시에 맛보고 싶어 했다

그가 길어진 것인지 세계가 줄어든 것인지
무엇이 얇아지고 찢어지기 직전인 것인지
알 수 없었지만
저마다 선호하는 사실 하나씩은 있었다

우리가 거짓이라 부르는 타인의 사실 같은 것

우리가 사실이라 부르는 타인의 거짓 같은 것

지금은 밤, 어제와 같은 순서로 진행 중이다

이제 곧 달이 등장할 차례지만 아무도 없다
분명 같은 전투기에서 함께 내렸는데
갑자기 군복을 벗고 에헴거리더니 상투를 튼다
경제개발 5개년 작전 계획을 회의하다가
중공군에 떠밀려 후퇴하고
만세운동 하던 사람들이 부서진 한강 다리 밑에서
국기에 대한 맹세를 외운다

한 사람 한 사람 짓밟히던 시대에서
한 사람만 총을 갖고 있던 시대에서
한 사람 한 사람 소중해진 시대가 오고

한 사람 한 사람 유명해지는 시대가 오고
한 사람 한 사람 늙지 않는 시대가 오고

남은 것은 졸음의 지조뿐이다
하품의 절개뿐이다

이제 다음 순서는 무엇인가

종이 한 장의 세계가 팔랑거리며 날아가기 전에
그는 살짝 단잠에 빠진다

두 사람

지금 처음 보는 저 두 사람을 알 것 같다
지금 처음 보는 저 두 사람을 모른다면

그게 더 이상할 것 같다

우리는 각자의 이족보행에 열을 올리고 있었다
아무리 울어도 숨차지 않을 만큼 공기는 풍족했고
생각들은 쉽게 뜯어지는 피부로 둘러싸여 있었다

나만 이런 뼈와 피의 질서로 움직이는 게 아니라면
마주 오는 두 사람을 내가 왜 구태여 몰라야 하나
우리가 왜 같은 별의 내막을 가지지 않아야 하나

우리의 목례에는 불가피한 지나침에 대한
서로의 양해가 숨어 있다

모든 영문을 알고 있다는 듯 그들이 벤치에 앉아
다양한 억양과 발음이 난무하는 담소를 나누며
뜻이 통했다는 식의 능숙한 탄식을 쏟아낼 때
자신의 의지대로 발끝을 다룬다고 생각할 때

내가 어떻게 떠나온 고향에 대해 물어볼 수 있는가
살아 있는 이와 같은 방식에 대해 내가 어떻게

나는 그들이 타인이 되는 순간을
재빠르게 버텨낸다
예사롭게 그들을 지나쳐 감으로써
각자의 타인 됨과 서로의 자발적 소외를 돕는다

나는 양팔을 직각으로 굽혀 흔들기 시작한다

에너지 소모를 돕는 이 별의 팔 동작을 실시한다

우리는 자연스럽게 엇갈린다
슬픈 방향을 가지기 시작한다

쿠팡맨의 자비

지구에서 벌어지는 경이로운 일이 비단
잡채나 닭볶음탕만은 아니다

어제는 텔레비전에서
기아로 말라가는 소년을 보았다
거미 다리처럼 말라붙은 다리를
골반에 겨우 붙인 소년은
사막의 건조한 절망 위로 엉덩이를 끌며 지나갔다

사회에의 참여라고 했던가 그것은
텔레비전을 보고 분노하는 것과는 다를 테지만

허공 위로 겹겹이 시멘트를 덧바른
대영빌라 안에서
나는 엉덩이를 끌며 앉은뱅이걸음을 걸어본다

슈퍼맨은 자신의 일상적 부재를
끝내 해결하지 못했지만
쿠팡맨은 나도 모르는 나의 주소로
로켓과도 같은 속도로 신속하게 날아와
당일배송과 무료반품의 자비를 선보인다

개미굴의 정적을 깨어줄
달콤 찐득한 과자 부스러기들

우리는 지금 어딘가로 모여들기 직전이다

굴 밖의 일에 대해서는 알지도 못하면서
부산하게 들떠서는 내일의 계획을 세운다

귀걸이를 한 여자가 얌전히 뱉은 가래침에
생사가 결정되는 줄도 모르고

아파트는 아직도 제시하지 못한 비전이 있는지
고난도의 설득으로 가파르게 산을 깎아 내린다

옷이나 갈아입고 밖으로 나가는 건데 그랬다

괜히 머물렀다

언니의 충고

어쩌면 모든 공기가 사라지고
나는 다른 발성기관을 가질 수도 있겠다

그때까지 일인칭이 남아 있을지 모르지만
이것이 생애 최초 미래시가 되길 바란다

송 선생을 몇십 년 후에는 만날 수 없겠다
그것은 사실이자 진실인 동시에 거짓말

금방 사라지는데 손에 잡히잖아
얼굴을 붙잡고 오래 울었다

울산으로 가는 국도 변 늘어선 가로등들은
오늘의 이 순서를 언젠가는 잊어버리겠지

나는 시간 안에 함몰된 눈동자
눈물처럼 눈 안에 고이는 시간

풍경들이 달려온다

나는 왜 지금을 보고 있는가

다들 어떻게 흥정을 하고
멋들어지게 트렁크를 여는가

내리막에서 잠시 차가 멈춘다

나는 위태롭게 기울어져 있구나
가속이 붙을 일밖에 남지 않았구나

그럼에도
친숙하고 친애로운 세계여

단 한 번의 정지를 위해 오래도 달렸구나
난 다만 겁 많고 깨지기 쉬운 동물이었을 뿐

서두르지 않는다
아직 시작되지 않은 나의 첫 죽음

단 한 마디의 비명을
수십 년 잘게 나누어 질러왔다

두려움이 사람의 형상을 하고
거친 숨을 몰아쉰다

유선형의 비명이 어항 속에서 날렵하다
수면 위로 점점이 역사가 흩뿌려진다

잘게 더 잘게 부수라는
언니의 먹기 좋은 충고

온순한 감옥

아침에 눈을 뜨면 나는 이미 사지 속에 갇혀 있다
깨어 있는 동안 어딜 가나 온순한 감옥과 함께였다

감옥의 경험과 책임으로부터 늘 자유롭지 못했고
눈을 깜빡이는 매 순간 난감하고 난처했다

바람보다 더 넓은 폭과 두께의 시간이
감옥을 스쳐 갔다

나는 수년 전에 비해 키가 좀 줄었고
눈 밑에 물사마귀들이 떼 지어 나타나기도 했다
골다공증에 걸린 발은 누가 밟아도 부러지기 쉽게
뼈마디가 헐거워져 있었다

누군가를 벌주기 위해서는

스스로 피해자가 되어야 한다는 것을
나는 알고 있었다

청춘을 떠나보내며 심장은 조금씩 지쳐갔고
두통이 자욱하게 눈앞을 가리는 날이 많아졌다
약사는 나에게 콜라겐을 권하고 마그네슘을 권하고
낡아가는 감옥의 유지 보수법에 대해 충고했지만

아이들은 감옥을 들고 다니는 일에
얼마나 능숙한가

팔에 팔을 가두어놓고 다리에 다리를 가두어놓고
어쩌면 저리도 잽싸게 지하보도를 내려가는 것일까

나도 한때는 이 감옥으로 달성할 의미 창출을 위해

보람찬 죄수의 삶을 몇 편의 시로 남기기도 했지만

달팽이는 제 껍질이 얼마나 거추장스러웠을까
그런데도 더듬이를 건드리는 무례한 손을 피해
숨을 곳이 그 껍질밖에 없었다니

달팽이는 수치심 때문에 느리게 달린 것일 뿐
정지에 가까운 속도로 스스로를 벌준 것일 뿐

쿠쿠 밥솥의 신호가 다가온다
가장 무서운 간수는 배고픔

발소리가 복도를 울린다

이제 일어나 서서히 잡곡과 쌀을 섞어야 할 때

죄수들이 하나둘 가정으로 모여들고 있으므로

짐승의 기분

아버지도 어머니도 모르겠는 기분
아버지도 어머니도 잃어버리고 싶은 기분

시작도 끝도 모르고 싶은 기분
사실은 하나도 모르겠는 기분

집을 잃어버리고 싶어 도망칠 때마다
집은 다시 나타났다

곳곳에 도사린 온정의 함정처럼

아버지가 돌아가시고 간혹
미치는 아이들도 생겨났는데
어머니는 다음 차례가 자신일까봐 노발대발하고

아이들의 어떤 부분이
아이들을 빠져나와 도망친다

생애 처음 자신과의 이별을 감행하고
기억 없이는 돌아갈 수 없는 과거를 만들어낸다

축축하고 비좁은 사타구니의 굴을 기어오른다
어쩌면 이 집 밖으로 나갈 수 있을지 몰라

요양원의 어머니가 기억을 거슬러 오르는 것과는
또 다른 탈출의 방식

우리는 아무도
서로를 위해 울지 않는다

벗어나려 애쓰는 동안
묶인 것을 잊을 수 있었기에

올가미를 잊기 위해서라도
올가미는 필요했다

시간의 평원을 내달리는
짐승의 처지에게는

그랬다

엘렉트라의 백설공주 망상

오직 시만이 나의 현실이었다. 어머니는 백설공주의 새어머니보다 지독했고, 난 눈처럼 흰 피부도 아닌데 미움을 받았다. 그럴 때 어머니는 유령 같았는데 덕분에 난 유령의 딸이 될 수 있었다. 매 맞는 몸이 실감나지 않을 수 있었다. 고통은 저 멀리 살아 있는 사람들의 것이 될 수 있었다.

아버지를 사랑한 지는 그리 오래되지 않았다. 착한 사람이었지만 그것이 전부였다. 어머니의 말 잘 듣는 아들 같았던 사람.

발밑이 까마득해지는 게 싫어서 나는 놀이기구를 타지 않아. 허공으로 띄워지는 게 싫어서.

하루는 자리에 누워 잘린 내 발목을 붙잡고 이불 위로 쾅쾅 발자국을 찍고 있었지. 누워서도 걷는 기분을 느끼려고, 발자국이 있으면 바닥이 도망가지 않을까봐. 걷는 척이라도 하지 않으면 난 당장 허공에 둥둥 뜨게 될 테니까. 어쩌면 바닥을 붙잡기 위해 시를 썼었나. 책상과 의자 같은 소품의 수집에 열을 올렸나.

세계에 대한 나쁜 기분이 올라올 때, 뭔가 그릇된 결말이 이제 곧 시작될 것 같은 흥분과 두근거림이 좋았다. 그러나 명작 동화의 해피엔딩은 계속되고 일곱 난쟁이와 돌아가며 한 번씩 한 것도 아닌데 치마 속 가득 죄책감으로 부풀려진 채,

난 다만 단단한 바닥을 원했을 뿐인데, 자꾸만 풀어지는 나를 돌돌 감고 감아 실타래든, 밧줄이든, 꾸러미든, 형태를 유지하려 했을 뿐인데, 어머니는 그것이 가장 큰 잘못이라 하시고,

수치심에 타오른 손목 두 개와 매질에 중독된 소녀를 남겨두고 나는 아무 시 없는 세계 속으로 아버지를 향해 쓰러진다.

나의 아름다운 꼭두각시

피아노 위의 오르골
학원에서 훔쳤다

집으로 가져온 오르골
엄마 모르게 이불 속에서

빠르게도 돌렸다가
느리게도 돌렸다가

설탕 가루를 뿌려놓은 듯 달콤한 소리
매질과 욕설의 흉터를 몽롱하게 긁어 내리는
은밀한 박자 위로 끊어질 듯 이어지는 흐느낌

나는 오르골을 훔쳤고, 훔친 것을 숨겼고
두 개의 성공을 동시에 가졌다

다시 학원의 피아노 위로 오르골을 가져다 놓고
나는 예전과 다름없는 사람이 되는 데 성공했다
어머니가 아는 그 아이가 되는 데 성공했다

피아노 연습 대신 소파에서 만화책을 보다가
손가락 번호가 다 틀리게 체르니를 쳐도
선생님은 어머니께 아무것도 이르지 않았다

나는 내 속에 숨어 있었다
숨어서 왔다 갔다 하고 있었다

흐르지 않는 시간처럼
시계 속에 고여 있었다

나는 자라지 않는 것을 선택했다
굴절된 손발들이 몸 안으로 자라났다

좁은 화분 속에서 치열하게 얽힌 뿌리처럼
나는 내 속에서 한없이 뒤엉키기 시작했다

모가지가 아랫도리를 향해 거꾸로 자랐지만
여기 숨긴 나를 들키지 않을 수만 있다면

나는 얼마든지
나를 왜곡하고 훼손시킬 수 있다

내가 병들어야 내가 안전하다

그래야 어머니께서 방심하신다

낡고 오래된 기법

새는 아직 아침 속에 있다
베란다도 아직 거기에 있다

의자와 책상도
지우개와 지우개 가루도
아직이다

나는 매번 같은 길을 통해
화장실에 도착하곤 했는데

세면대는 아직 거기에 있고
나의 양손도 아직 그대로여서

한 손이 물을 틀면 한 손이 비누를 집었고
두 손이 함께 만들어내는 거품을

남아 있던 눈동자가 지켜보았다

해답은 없고 행위만 난무하는 것
탈출구는 없고 비명만 가득한 것

그대로였다

변사체 직전이란 점에서 모두는 평등했고
그 상태로 정지를 향해 다가가는 것도

그대로였다

살아 있는 채로 공장으로 가고 슈퍼로도 가고
안부를 주고받고 입에 고인 침을 뱉기도 했다

어떤 곳에서는 화재가 벌어지고
어떤 곳에서는 한날한시에 형제가 추락했다
장롱 속 비닐에 감싸인 할머니와 손자를 비롯해
타인을 통해 자신의 두려움을 감추려는 기법도

그대로였다

물론 너무 뻔한 화두라서
대부분의 시인들은 그것을
입에 올리지 않는다는 것도

그대로였다

휴지의 꿈

꿈에 썩지 않는 휴지가 나왔다

공기를 빨아들이는 맑고 순수한 휴지 때문에
사람들은 부족한 산소를 골라내기 위해
코가 말라비틀어진 혈안의 좀비가 되었는데

새로운 서정을 찾는 순간에만
살아 있다는 탐험가와
형식 파괴를 통해 형식 창조를 한다는 돌팔이
생각은 질색이라며 꿈에 중독된 호모사피엔스
에덴이 만들어낸 바이러스를 물리치는 바이러스

변종이 늘어갈 때마다 변종이 줄어드는
절묘한 타이밍과 서늘한 균형

너에게 이런 감각을 떠맡겨서 미안하다고
더 이상 닦아낼 피부가 없는 독자들이
물티슈에 대한 나의 촉감과 서정을
읽어가는 저녁

이런 악몽도 돈이 된다면 얼마나 좋을까
잠만 자도 소용이 넘치는 최초의 쓰레기가 되어
친목이 난무하는 식탁 앞에 이 꿈을 팔고 싶다

순순히 제압되거나 압도되기엔
난 너무 많이 자랐고
문제 해결의 방법은 오직
경험적 상상으로만 만들어졌으니

결과적으로는 속수무책이다

날개의 재맥락화

진실을 견딜 수 없을 때가 있다 아니
거짓을 견딜 수 없을 때라고 해야 하나

언제 그 순간이 닥칠지 알 수 없는 채로
나는 시간이 밀면 밀려나야 하는 것처럼
보잘것없는 투지와 분노로 무장한 채
전진하는 뒷걸음질과 마주한다

아버지라는 거짓과 어머니라는 거짓과
투석이라는 거짓과 우리를 비롯해 본래대로
맑아질 수는 있는 것은 없는데도
뻑뻑한 피로도 10년은 간다는 거짓과
그래 봤자 가벼운 치명상이라는 거짓과

곧 끓어 넘칠 듯 부글부글한 국의 거짓과

침대 위 다양한 체위와 탄생의 거짓과
수양버들 연초록과 개나리 노란 거짓

거짓이 하나도 없다면 여기에는 진실만이 남겠지
진실의 호흡만이 진실의 허공을 가득 메우겠지

나는 아직 악몽을 꾸는 어린 사람
아직은 야뇨증의 거짓에 더 시달려야 한다

거실이라는 안락한 거짓에 몸을 파묻고
벚꽃의 달콤한 거짓 달변에 들떠야 한다

속는 기술은 버티는 기술이고
버티는 기술은 사라지는 기술

새가 날마다 안간힘을 내는 이유도
날지 않으면 사라질 것 같은 하늘 때문이다

하늘이 사라지고 난 뒤에 남을
날개 한 쌍의 난처함 때문이다

구름이 하늘에게 일조하는 것도
비슷한 맥락이다

동정 없는 세계

나의 옆에 있어주고 싶었다. 이 세계에 대해 최소한의 어리둥절도 할 줄 몰랐던 나의 옆에. 다 자라고 나면 끝인 줄 알았는데 끝을 끝내기란 쉬운 일이 아니었다. 갑자기 무섭다고 이 얼굴을 벗고 싶다고 하면 이성적으로 들어줄 엄마가 몇이나 될까.

아이들이 늦은 나이까지 오줌으로 두려움을 말하는 이유를 알 것 같다. 오줌이 찾아오는 순간, 안과 밖을 동시에 가진 생식기를 깨닫는 순간, 아무리 노력해도 익숙해지지 않는 나를 데리고 소금을 꾸러 간다.

양복 재단을 하던 대나무 자로 옆집 할머니가 내 허벅지를 후려쳤을 때, 정말로 아팠던 건 내가 생겨나버렸다는 것, 지울 수 없는 얼룩으로 남았다는 것.

그래서 너의 옆에 있고 싶었다. 너를 좋아해서가

아니라 나를 믿을 수 없었기 때문에, 너를 사랑해서
가 아니라 내가 미웠기 때문에, 사실은 나에 대해
아무것도 몰랐기 때문에.

　공포영화의 괴물처럼 나의 침은 찐득찐득하고
피부는 쭈글쭈글해지는데 식탁을 사이에 두고 마주
앉은 나와 요양원의 어머니는 아무 비명도 지르지
않는다.

　서로가 서로를 양해하는 지치고 오래된 괴물들을
배경으로 베란다 가득 이 세계의 햇빛이 내려온다.

내가 없어지는 기분

그날 잠깐 나를 소개하는 자리가 있었는데
그때 알았다 나는 말솜씨가 없는 게 아니라
설명할 내 자신을 별로 갖고 있지 않다는 것을

어떤 이는 그것이 겸손이라며
나의 다음 말을 고대했지만
그 잠깐 동안 소개할 나 자신도
수십 년 살아온 내 속에서 찾지 못했다

나도 제법 뭔가를 이뤄놓은 것 같았는데
아파트는 아니지만 자가도 있고 일가를 이룬 데다
저축도 꽤 되고 법원 쪽에 아는 사람도 좀 있다

옷을 갈아입을 때면 바지는 어디쯤에서 내가
무릎을 꿇곤 했는지 닳아빠진 귀띔을 하곤 했지만

미사일도 대포도 삐라도 없는 안전한 방에서
혼자 있을 땐 나를 찾아내기 어려워
애먼 허공 위로 자꾸만 이불을 끌어당겼다

어머니가 깨우러 오지 않을 때는 더욱 심해져
물어뜯지 않고는 손톱이 있는 자리를 알지 못했다

마이크는 인내심을 갖고 내 앞에 계속 머물렀지만
나 같은 사람 부추겨서 뭘 어떻게 하겠다는 건지

하지만 난처한 땀을 닦아내는 건 괜찮았다
덕분에 이마는 거기 계속 있을 수 있었다

게다가 유천교 잡초 덤불이 싹 밀려버린 것이다
대궁만 보고 본래 이름을 일일이 찾는 것보다는

연대기 속 사건을 이야기하는 것이 인터뷰에선
훨씬 더 쉽고 그럴듯해 보인다는 걸 알았다

이를테면
왕의 죽음과 평민의 영생과 전염병에 대해
길 없는 전도와 순교와 순장과 순창에 대해
기왓장과 기립근과 너튜브와 골드 버튼에 대해

사람들이 왜 자꾸 이런 시를 쓰냐고 물을 때마다
나를 잊어버리지 못해 두려웠다고 대답했지만
나의 기억이 나에 관한 것인지 확신할 수 없었다

덕분에 종종 없어지는 기분을 맛보는 건
나쁘지 않았지만

소액 결제를 향한 자유의지

눈을 떴다. 아침이었다. 어제의 두려움이 되살아난다. 그것은 어제처럼 나의 사지에 들러붙는다. 다행이다. 두려움의 내용이 어제와 같은 걸 보니 지금의 나는 어젯밤 여기서 잠든 내가 분명하다.

텔레비전을 틀었다. 한 번의 터치로 셋톱박스와 텔레비전이 동시에 켜진다. 어제처럼 간소하고 간편했다. 나는 조금 더 쓸모없어진 채로 리모컨을 들고 가지각색의 시간을 넘나들기 시작한다.

어제 못 산 물건들이 재방되고 있다. 어제 실천 못 한 생활의 지혜들이 재방되고 있다. 나는 어제에 이어 계속 돈이 없는 사람, 계속 실천을 미루는 사람으로 재탄생 중이었다. 어디에도 쓸모없는 덕분에 어떤 채널에서도 각광받는 소비자가 되는 중이었다. 다행이었다.

세탁기에서 소음이 나길래 다용도실로 뛰어갔

다. 그것은 담요와 속옷과 수건을 뒤섞으며 자신의 혼란을 숨기고 있었다. 흔적을 지우는 성능 때문에 세탁기의 혼란은 기능으로 오인되고 있었다.

나의 사지와 그것을 감싼 피부는 어떤가. 어제처럼 오늘도 일관성 있게 연약하다. 수십 년 어제로부터 오늘로 이어져온 나는 누군가의 작심 한 번이나 욱하는 잠깐의 충동에도 치명적 틈이 생길 수 있다. 순식간에 새어 나가 아무 데로나 스며들고 찌꺼기만 남을 수도 있다.

세탁기가 다시 흔들린다. 중심을 잃은 채로 얼마나 더 버틸 수 있나. 소액 결제의 자유와 패스워드 말고 내가 사수해야 하는 건 무엇일까.

잘 아는 두려움이 능숙한 속도로 사지를 조여온다. 나는 한 가지 채널에 고정된 채 옴짝달싹할 수 없다.

어서 전화벨이 울렸으면. 어제도 이쯤이었지 아마. 아무도 없는 곳으로 나를 찾아오는 용감한 택배의 기사와, 지금 집에 계세요? 수화기 너머 목소리를 따라 허겁지겁 생겨나는 오늘의 나를 만난 것은.

완전하게 빛나는 별

나는 해결될 수 없는 평범한 문제의
지극히 구체적 사례

한 종류의 감정만으로 이루어진 사람

과거 속에서 헤엄치는 물고기는 자신의
지느러미가 현실 속에 있다는 것을 모른다

우울은 대상을 달리하더라도
똑같은 분노가 유지되는 것

아무리 거슬러 올라가도
시간에는 뒷면이 없다

경계를 빠져나간 내가 거실 바닥에

물처럼 엎질러질 때

엉겁결의 속도로 소파로도 스미고
책장으로도 스밀 때

나는 소파도 아니고 책장도 아니지만
소파 속에도 있고 책장 속에도 있을 때

나는 어머니로부터 멀리 떠내려와 있고
잘 알지도 못했던 내 젖가슴 다 늘어졌는데
우리 아가 고추에는 어느새 털이 다 자랐는데
아버지는 암 병동 침상 밑에
소변기만 남겨놓고 사라졌는데

강박을 불쌍하게 보지 마

무한반복을 통해 순간을 붙잡으려는
진심이란 말이지

걸레를 손에서 놓지 못하는 게 아니라
비뚤어진 액자의 각도를 못 참는 게 아니라

완벽한 현재를 재현하고 싶을 뿐이고
완전한 결함을 창조하고 싶을 뿐이고

단 한 번이라도 그런 전지전능한 사람으로
반짝이고 싶을 뿐이고

성냥팔이 소녀의 세계

한 번은 죽어봐야 알 것 같았다
그들과 내가 어떤 관계였는지

나의 이름은
그들이 울부짖을 때야 비로소
드러날 것 같았다

시선이 자주 겹치는 우리가
모르는 사이는 아닌 것 같았지만

이것은 친밀함이 아니라
친밀함으로 이름 붙여졌을 뿐

우리는 모두 한 차를 타고 있었고
누가 웃기면 누군가 웃었다

어떤 말끝에는 짧은 흐느낌이 이어졌지만
나는 동정 없이 차창 밖 가로등을 헤아렸다

갸우뚱한 고개로 바깥 세계를 들여다봤다
명백한 밤이었고 빛나는 것은 불빛뿐이었다

뒷자리의 어떤 아이가 같은 단어를 반복했는데
나는 특정 기억이 가동되는 것을 느꼈다

만약 그들과 내가 분명한 관계가 아니라면
나는 왜 퉁퉁 부은 발가락이 아픈 걸 알고
그들은 내게 근심 어린 시선을 보내는 것일까

순간 전등이 켜진 것처럼 눈앞이 환하다

성냥팔이 소녀의 불빛 속
잠시 켜진 세계 속에서

나는 서둘러 진통제를 먹고
응급실에 대해 상의했다

그리고 이 시로 다시 돌아오지 못한 채
잠이 들었다

어느 한 세계가 켜지자

어느 한 세계가 꺼졌다

발아래에서 본 공 위의 세계

이마에 팔을 얹은 채로 눈을 감았다
대단한 재주가 아닌데도 갈채가 쏟아졌다

천장에서는 형광등이 빛나고 나는
삐죽하고 기다랗게 공기 속으로 뻗어 있었다

내가 여기 갑자기 나타난 방식을 두고
평론가 김은 시시한 등장이라며 비웃지만

언제 발밑이 사라질지 모르는 채로 날마다
바닥을 골라 디디고 달리는 서커스를 한다

너도 나도 모여드는 이 서커스의 관중은 없고
모두가 연기자에 모두가 기술자

박수 칠 관중이 없는 공연은 끝날 수 없다
태양을 발견하고 눈부셔할 수나 있을 뿐

생활비만 벌게 해달라고 기도하긴 했지만
알록달록 천막의 세계를 다들
믿어버리기로 한 건지

복막투석 같은 게 막 일어난다고 여기서는
쌓이는 택배 박스를 보며
사라지는 나무 생각을 하고
비닐에 접착된 플라스틱을 굳이 분리 배출할 때의
나는 제법 여기의 우수 단원 같다가도

음식 찌꺼기를 종량제봉투 속에 몰래 넣으며
이 서커스의 도덕성과 치안을 실험할 때도 그렇고

섣부른 감동을 경계하며 서정시를 읊을 때도 그렇고
아무 손이나 핥는 지조 없는 짐승이 된 것 같다가도

문득 모르겠다 공중그네를 타고 있으면서도
시간의 앞면으로 내가 튀어나왔다가 들어가는

이 순간을

그럴 땐 외줄을 타는 경미의 각선미를 시샘하거나
은영이가 돌리는 접시가 모두 깨지기를 바라지만

잠을 자면서도 쉼 없이 내가 돌리는 발밑의 둥근 공

코끼리 물개 사자도 온화한 채찍과 거대 주사위도
아득한 천막 푸른 천장과 흘러가는 구름의 속도도

내 발밑의 둥근 공 위에서 함께이다

다른 세계의 나와 이 세계의 유리

도대체 그들은 어디에 열광하는 것인가
내가 인기가 없는 이유를 알아야겠다

이대로 유령이 되기에는 너무 억울하다

핏물 속에서 맨손으로
피를 골라내는 노력이라도 해야겠다
그런 능력이라도 가져야겠다

결핍에서 오는 모든 증상들을 나는 가지고 있었다

세계를 어찌해보려는 의도 같은 건 없었다

번번이 시간의 술수에 걸려들었던 건
내가 아니라 나의 일상이자 나의 생활

나는 스스로에게
소박한 저주를 거는 법에는 일류였지만
거창하게 몰락하지는 못했기 때문에
동정으로 유명해지기도 어려웠다

내가 밤마다 과거에 집착하는 것과
은미가 밤마다 하천 산책로를 달리는 것

방법은 달랐지만
우리에겐 스스로를 소모시켜 다가올
무언가를 예방하려는 공통점이 있었다

이것이 무엇으로 이루어진 그릇인지
산산조각이 나고 나서도 알 수 없다면

손가락을 단번에 베는 투명한 단호함과
응답처럼 새어 나오는 피의 속도를 보라

그것은 이 세계의 유리와 비슷할 가능성이 높다
다른 세계의 나와 이 세계의 우리에게도
그것은 마찬가지였다

열등감

자동문이 열렸다 닫히고 지하철이 달린다
딱딱한 의자에 앉아 땅속을 지나간다

바닥에는 발 빠짐 주의 경고문이 붙어 있다
발이 빠진 다음의 해법은 나와 있지 않다

일부러 허공을 디디고 싶은 사람이 어디 있을까
익숙한 구멍 속의 친숙한 악의가 문제일 뿐

다음 정차역을 알리는 안내 방송은 한국어로 한 번
영어로 한 번 일어와 중국어로 또 한 번

우린 여러모로 배려하고 배려받고 있다
언제 어디로 빠져버릴지 모르기 때문에
주의할 수 있지만 주의만이 전부이기 때문에

밝은 눈으로 개선해드린다는 병원의 약속 아래
노선도는 가장 쉬운 색깔로 현 위치를 설명한다

내 옆의 일가족이 같은 방향을 향해
단란하게 움직인다

서로의 짐을 빼앗아 들며 빈자리를 권한다
편안하게 흘러가라고, 안락하게 사라지라고

중국어로 안내되는 반월당과
부작용 없는 성형외과를 안내하는 한국어

출발 알림 벨이 울리고도 열차는 조금 더 기다린다
뒤늦은 사람들의 서툰 속도쯤은 기꺼이 양해한다

욕구와 자본 사이를 신속히 중재하는 자판기와
순식간에 안과 밖을 넘나드는
쓰레기통의 회전 뚜껑을 비롯해
이곳의 모든 것은 나보다 훨씬 일찍 생겨났거나
원래부터 그것 자체로 존재했던 것처럼
노련하다

승강장과 열차 사이 구멍마저도
처음부터 계획되고 조성된 것처럼
이 지하도 안에서는 자연스럽다

갑자기 이곳으로 잘못 튀어나온 것 같은
이 객실의 나만 제외한다면

나는 보지 못하는 풍경

너는 생생하고 말랑한 피부라고 생각하겠지만
그것은 상상과 의지 사이 이루어진 경계일 뿐

둘 사이 힘의 균형이 조금이라도 깨지면
나는 새어 나간다

나비의 목을 조르면 얼마나 오래
발버둥 칠 것 같나

소극적 반항은 허락이라고
단정 지은 건 훈육자들

생각은 강물과 함께 흐를 수 있는 성질이 아니다
계속 없어지면서 계속 물살을 일으키는 강물과는

방금 전화벨이 울렸는데
놀란 물고기 떼처럼 정신이
일시에 흩어지는 것을 보았다

흩어졌다 한데 모였을 때
나는 어머니의 목소리를 알아듣는 상태였으며
그렇게 모였다가 다시 흩어졌을 때
거긴 이미 사라지고 없는 아버지의 세계였다

들꽃들이 아무 의지 없이 잡풀과 뒤엉켜
목적 없는 덤불을 이룬다

이쪽과 저쪽을 가로지르는 고가도로 위로
자동차가 지나가고, 지나가고, 지나간다

허공과 시멘트, 유리창과 철판, 고무와 연기
가로와 세로, 전진하는 속도와 없어지는 위치

푸른 하늘과 흰 구름 그리고
사물의 경계를 만들어내는 햇빛

누구라도 속아 넘어가는 사실들의 조합과
응축과 확산을 되풀이하는 물 밖의 물고기 떼

풍경을 훑어 내리는 나의 시선은
나의 어떤 의도일까

내가 나를 빠져나간 뒤에도
나는 나를 알아볼 수 있을까

그때 시는 누구를 움직여

스스로를 헌신하게 할까

알몸의 포로

욕조에 앉아 있다

그것은 내가 구매한 것이 맞지만
그것이 중국산 이동식 욕조라는 건 알지만
그것이 왜 크림색 장방형 외관을 지니는지
그것이 언제부터 사용됐는지는 알지 못한 채
다만 욕조의 용도에 복종 중이다

전근대를 막 빠져나온 말쑥한 해와
그것을 향해 달려가는 소년으로부터
나는 신식에 복종하는 법을 배워왔다

복종은 처세이고
매끄러운 적응이고
유선형의 몸체 같은 것

사실은 정체 불분명한 두려움의
날렵하고 순애보적인 외관 같은 것

물고기는 아무 마찰 없이 물을 가로지르는데
나는 왜 이 공기와 겉도는지 알지 못한 채

질병에 복종하는 한 생애를 다행으로 여기며
이곳의 다양한 협박으로부터 적응 중이다

창밖으로 트럭이 지나간다

그럴 때 이곳은 왠지 전장 같고
그 어떤 승리도 사라진 지 오래 같고

어디에다 스스로를 날려버려야 할지 고심하는
트럭의 미사일은 제 무게를 두려워하는 것 같다

안부 전화 같은 것을 하려다 말았다
나의 좌표가 노출될 것 같은 두려움 때문에

하지만 더욱 안전해지기 위해서는 나도
어떤 표정이든 지어야 되는 게 아닌가

폭격 직전의 사정거리 안에 놓인
이토록 사실적인 신식의 욕조 안에서

두고 갈 수도 함께 갈 수도 없는
알몸으로 남은 시간의 포로와 함께

현관의 의도

연약하고 어린 생명이 뛰고 있다

작은 주먹으로 번갈아 바람을 당겨가며
지상을 향해 수직으로 자란 불안의 두 발이
스스로와 타인을 안심시키는 임무를
쉴 새 없이 교대 중이다

걱정 마 발바닥을 사용하는 중이니까
힘은 근육과 뼈 사이를 치밀하게 중재한다
가지런한 이를 드러낸 호의적 미소

말을 더듬은 건
갑작스러운 탄생에 대한 분노는 아니야

우리는 어떻게 멸망하지 않았지?

같은 질문엔
우리는 어쩌다 생겨났지?
같은 정답을

허무와 기대는 한 얼굴의 앞면과 뒷면
아무것도 아닌 곳에서 무엇이든 생겨나지

허공으로 속을 채운 젖가슴이
천연덕스럽게 부풀고
악의가 똥물처럼 범람한 곳에서
선의를 다짐하는 두 발은 잠시라도
지금을 잃고서 안전할 수 있을까

허공 속에서
바닥은 왜 생겨나는 걸까

허리를 구부리고 주저앉아

신발 정리는 누가 하라고

가정 신앙의 구축

가정을 믿지 않기란 얼마나 어려운가.

이불 깔린 방바닥의 온기와 물고기들 바쁘게 몰려다니는 거실의 어항 사이로, 한번 놓여져보라.

맹목적 가정 신앙에 빠져들지 않기 위해서는 간간이 가정 밖으로 나가주어야 한다. 완전히 추락하지 않기 위해 숨겨둔 손발로 몸을 지탱하고, 날 올려다볼 사람 아무도 없어도, 트렌디한 핫바디의 루틴처럼, 베란다 밖으로 기울어진 채 한동안 사고하여야 한다.

그것은 아침마다 빠트리지 않아야 하는 스트레칭이나 조깅과 비슷하다. 진짜 떨어지는 건 아니고, 떨어지고 싶은 것은 아니고, 떨어져야 하는 것도 아니고, 가파른 벼랑에 깨금발을 디뎌보는 것이다. 어머니가 기겁하며 뛰어오나 안 오나 두고 보는 것이다.

결국 모든 신들은 가정의 현관으로 모여들게 되

겠지만. 가스렌지 위의 국 냄비가 끓어 넘칠 때, 고작 국 따위가 끓어 넘쳐서야 되겠냐며, 누구는 좀 더 큰 명분을 위해 끓어넘칠지도 모르지만, 그러한 일에도 퇴근은 있고, 피곤은 만인 앞에 평등하여서, 다시 가정의 품 안으로 돌아오게 되는 것이다.

거기에는 아버지 어머니도 있고, 남편 자식도 있고, 할아버지 할머니도 있고, 대대로 흘러오는 명주실 타래 같은 시간이 있다.

거실의 가족사진이 한 생애를 공략하는 계략처럼 걸려 있을 때, 다시 베란다 밖 허공으로 몸을 삐딱하게 기울인다. 순간 나는 이 가정의 밖으로 나간 듯 보이지만 연속극이 시작될 쯤에는 리모콘을 믿지 않을 배짱이 없다.

수많은 에피소드의 다음 회차를 위해서라도 다시 가정의 신앙에 매달릴 도리밖에, 발바닥에 묻은

허공의 먼지 털어내고, 삼시 세끼의 찬송 올려가며
현관에 모인 온전한 신들을 정리할 도리밖에.

꽃의 용기

바람을 따라 굽어지는 길

아무 질문도 소용없거나
모든 대답이 흩어지는 곳

흔드는 것과 흔들리는 것만 남았다

이제는 대답을 쏟아내야 할 차례
수십 년 봄과 함께 초록을 관람한 끝에

모르는 채로 알고 있던 해답을
결정타처럼 스스로에게 날리고

난데없이 쓰러져야 할 때

꽃은 스스로 억울해하는 법 없이
아름다움을 끝낼 줄 안다

서정을 경계하며 살아온 지 얼마인가

함부로 반하지 않겠다고 다짐했지만
나는 아무 의미도 되지 못한 채

차라리 꽃이라도 될걸 그랬다

형형색색 지천으로
지천의 너머로

피어날걸 그랬다

생각이 모양에게

바퀴벌레를 밟았다

등껍질이 으깨지며 내장이 터지는 순간

바퀴벌레는 확실한 바퀴벌레가 되었고

나의 발바닥은 틀림없는 발바닥이 되었다

설명이 필요 없는 밤이었다

캄캄해진 나의 눈동자 덕분에

덩달아 밤이 된 밤도

그것을 알고 있을 것이다

아까 대낮의 토끼 구름도 마찬가지

자칫 아무것도 아닌 채로

저 혼자 흘러갈 뻔했는데

토끼 모양이라도 가지게 된 건

순전히 나의 생각 덕분이었다

산책의 발견

볕이 좋은 날이다
환하고 반짝반짝하는 날

대부분의 사람들이 살아서 걸어 다닌다
상점들은 다닥다닥 서로 의지한 채
지하도는 더욱 깊은 지하를 향해
친절하고 안전한 계단을 깔아두었다

신호에 맞춰 횡단보도를 건너보았다
모든 위험들이 일시에 정지하는 광경을 본다

구체적인 주제에 참가하는 사람도 있었다
음식 쓰레기를 왜 사료로 쓰면 안 되는지

주차장 외진 곳에 스스로를 가두고

담배를 피우는 사람들도 있었다
야쿠르트 아줌마는 나를 알지만
모자를 눌러쓴다
너무 깊이 알면 불편한 사이가 된다

몸이 조금씩 증발되는 것을 느꼈지만
점심 특선 메뉴에는 옳고 그른 것이 없다
외워야 할 영어 단어는 많아졌고
어떤 사람들은 버젓이 귓속말을 나눈다

가을이 다가오고 있었다
모든 것이 조금 더 가벼워졌고
사력을 다해 찍었던 내 발자국 몇 개가
나의 등 뒤로 떠오르는 것을 보았다

가끔 어떤 사람들에게 말대답을 했고
어제는 내 주장을 끝까지
내세우지 못하고 조금 울었다

어머니는 이제 완전히 달라져서
내게 살짝 마음을 여신 것도 같은데

구태의연한 마지막 비밀 하나는 여전하고
나는 좀 더 과묵한 사람이 되었다

가난한 사람

나는 이제 나의 소용을 다한 것일까
어느새 젊음에서도 멀리 떠내려왔다

과거에 물들어 있는 마음이 부레처럼
하루 종일 가라앉지 못하고 둥둥 뜬다

나는 허옇게 배를 뒤집은 채
시간의 표면 위로 떠오른다

가쁜 숨을 몰아쉬는 자신의 아가미가
아버지는 얼마나 무서웠을까

얌전하게 늘어진 고환과
아무 출구도 찾지 못한 채 쓰러진 성기는
어머니의 물수건이 밀면 미는 대로

수초처럼 떠밀렸다

애가 터지던 말들이
방사선에 갈라진 혓바닥 속으로 스며들고
아버지는 배는 오직
고통으로 부풀기 시작했다

죽음에만 겨우 반응하는 몸은
자꾸만 침상 위로 떠올랐다

내가 놓치는 풍경이 무엇인지도 모른 채
사과를 기억하는 편견의 원칙을 사실로 믿고
사과처럼 생긴 모든 것을 사과처럼 대접해왔다

편의를 위해서라면

어떤 것도 사과가 될 수 있다고 믿었다

위험한 추상을 시 속으로 밀어 넣던 패기는
어디로 사라졌을까

나는 점점 반항이 줄어들고 깨달음이 좋다
정지의 속도로 누워 있는 것이 좋아진다
땅과 가까워지는 수순을 밟고 있는 것이다

아버지의 임종을 놓치고 분노했던
진짜 이유는 무엇이었을까

그때 나는 솔직한 망나니가 될 수도
가증스러운 효녀가 될 수도
수십 년 넘게 한 남자를 지켜본

한 여자가 될 수도 있었지만
결국은 어린아이밖에 되지 못했다

내가 애 쓰는 것이 보기 싫다고 생각했는데
아니었다 안간힘을 다해 스스로를 소진하고도
두려움을 극복하지 못하는 어머니가 싫었다
그 많은 의미를 탕진한 채 보란 듯
싱싱한 아가미를 가지고도 자꾸만
가라앉으려는 어머니가 싫었다

이런 날
손등의 핏줄처럼 허공 속으로 불거져 나온
나 자신을 가릴 수 있는 의미 하나가 없다니

이렇게 가난하게 주름진 알몸이라니

기념사진만은 제발

책상 위에서 가만히 흘러가본다

여긴 시가지의 총격전도
한밤중의 폭격도 없는 곳

나는 팔다리가 잘려 나간
이국의 아이들이 나오는 광고를 따라
소파 위로 자리를 옮겨
다시 잠시 흘러가본다

어머니는 앉은 자태가
어쩜 저리도 자연스러운지
가지런히 뻗은 두 다리와 엉덩이가
너무 잘 어울린다

그런데 나는 공기 중으로 이렇게
서툰 모양으로 도드라져도 되는 것일까

내가 지금 공룡 발자국 앞에서
사진이나 찍고 있을 때가 아닌데
공룡 발자국과 내가 서로를
기념할 처지는 아닌데

평생을 식탁에서
떨어지고 싶은 기대와
떨어질 것 같은 두려움으로 살아온
양가감정의 화병이여

나는 나의 다행일까 불행일까

어쩌면 지금은
혼잣말을 혼잣말로만 남겨야 할 때인지도

허공 속으로 범람한 시간의 용암 속에서
나도 언젠가의 너에게 기념이 될
발자국이나 남겨야 할 때인지도

가을 햇빛으로 채워진 허공을
파리도 날고 잠자리도 난다
시멘트로 덧씌운 허공의 길을
나도 걷고 개도 걷는다

아직도 모르는 게 남았는가
얼마나 더 많은 질문을 던져야 하나

마주 선 사람의 따귀를 올려붙였더니
거울이 박살 나고
나는 손목이 날아가버렸다

이제 일어서 자리를 옮기려 한다
한자리에 너무 오래 앉아 있었다

언젠가 그리고 누군가
한적한 관광지의 해안가에서

시간이 딱딱하게 퇴적된
손목 하나를 줍는다면

평화로운 퇴행

생각할수록 나의 한 시절이 쓸쓸해
그 시절에 모자 씌워주고 장갑 끼워주고

태어난 것까지 포함해 모든 것이 다
너의 잘못이 아니라고 말해주고 싶다

과거는 나의 밖에 있는 것이 아니라
피와 함께 순간처럼 몸속을 순환한다

사실 내가 큰 소리로 외치고 싶은 것은
어쩌다 이 모양으로 태어났냐는 것이다

지금 이 순간 가만히 글을 쓰며 생각할 때
내게 남은 것은 서러움밖에 없는 듯하다

모나지 않게 살아온 내 평생의 공로는
어디로 숨어버린 것인지

진작 길바닥에 드러누워 떼를 쓰며
수치를 향해 악다구니 써보는 건데

별 볼 일 없이 살면
큰일이 나는 줄 알았다

손마디는 무언가 수없이 붙잡기 위해
이렇게 굵고 두터워진 것이 분명한데

아무 보람도 만질 수 없는 건 왜일까

도화지 밖으로 수관을 펼친 나무 옆에서

나는 잎사귀의 채색에 집중하기 힘들다

배가 고프니까 화부터 나는 이 기분

오늘도 나는 졌고 아무도 모르는
싸움 하나가 이토록 끝나지 않는다

어떻게 보면 여기저기 모두
엄마를 가진 불쌍한 사람들

배고픔의 법칙을 따라 순순히
고분고분 퇴행하고 싶은 마음

두 다리를 짧게 잘라내고
아기를 향해 가까워진다

이웃의 후각을 자극하는 일 없이
이 퇴행은 평화롭게 진행되었으면

타인의 보행을 방해하는 일 없이
오래도록 천천히 어려지고 싶다

사실주의 영화

이렇게 망가지는 것인가

이렇게 새어 나가는 것인가

콩팥으로 구획된 곳이 조금씩

풀어지기 시작한다

월경과 UFO와 무덤과 별의 공통점이

심혈관계 질환이라니

나는 추상으로 만들어진 개념이 아니었나?

민교는 책값을 냈지만 나는 착각을 했고

마지막 회는 이미 시작되었다

배우들은 곧 끝난다는 기대 때문인지

발음들이 모두 들떴고

꼭 그렇게 최선을 다해야겠어?

최고의 대사는

보다 못한 기자에게서 나왔다

문화 칼럼은 자주 보지 않지만

사과에게 사과로 만든 모든 것은

시시하거나 뻔하지 않겠는가 물론

영화에 집중하는 게 두렵긴 하다

영화의 밖에서 무슨 일이 일어날지

알 수 없기 때문에

나의 모든 산만은 불안에서 비롯된 것

나는 모든 곳에 편재한 채로 움직였다

그러므로 대비해야 한다 사건이 아니라

줄거리에 집중할 수 없는 나에게

이것이 영화와 영화의 사이에서

나를 지켜온 방식

그를 사랑한 사과

누구나 한 번쯤 나무에 매달리고 떨어지지만

그는 보통 사과들과는 달랐다
구체적으로 소비되기를 바랐다

날이 잘 선 과도의 앞일수록
그는 가슴이 뛰었다

알뜰한 취향이 남긴
타인의 씨앗을 보면 두려웠지만
정말 두려운 것은 정물화 속에 놓인
정면의 사과가 되는 일이었다

일정한 명암과 채도를 가진 채
그 옆의 사과와 바뀌어도

아무도 알아보지 못하는
그런 사과가 되는 일이었다

그는 식후 하루 두 쪽이나
아침 식전 공복의 사과와 같이
구체적인 조건 속으로 뛰어들었다

그것은 탐험이 아니라 그저 소비되는 것이라며
정물화 속 사과들이 영원의 붉은빛을 외칠 때
그는 기꺼이 정오나 자정 속으로 뛰어들었다

누구나 한 번은 나무에 매달리고 떨어진다

그에게는 아삭거리는 비명과 함께
한 입의 평생 속으로 기꺼이

사라지겠다는 목표가 있었다

사과 말고는 아무것도 욕심내지 않는 것만이
나무에 대한 복수라는 걸 알고 있었다

누구나 한 번은 나무에 매달리고
떨어지기 위해 익어간다

눈부신 오늘의 한쪽에서
그는 없는 입으로 흥얼거렸다

PIN

031

나와 나를 뒤쫓는 그것

황성희

에세이

나와 나를 뒤쫓는 그것

It은 우리들의 두려움을 먹고 자란다

─영화 「It」*

누구에게나 두려운 것이 하나쯤은 있다.

귀신이나 바이킹, 예방주사나 출렁다리, 자정 넘어 혼자 타는 엘리베이터나 캄캄한 골목길의 발자국 소리 등. 하지만 지금부터 말하고자 하는 두려움은 앞서 말한 것처럼 의식적으로 알아챌 수 있는 것이 아니라 스스로에 의해 철저하게 숨겨지고 잊힌, 때로는 내가 숨겼다는 것조차 알아챌 수 없는, 나 자신이 주동자이자 동시에 공모자인 두려움에 관한

* 안드레스 무시에티 감독, 2017.

것이다.

이것은 조력자가 있다고 해서 맞서거나 해결될 수 있는 두려움이 아니다. 직면하는 것 자체가 불가능할 정도로 강력하고 영원히 회피하고 부정하고 싶은 두려움으로서 이것을 끝낼 수만 있다면 나라는 존재를 끝내는 극단적 선택조차 서슴지 않을 그런 두려움이다. 그것은 수십 년 반복된 나의 일상 뒤로 자리 잡은 비합리적 두려움이며 나의 그림자를 드러나게 한 나의 민얼굴이기도 하고 나 자신의 일부가 그것으로부터 비롯되기도 한 태생적이고 근원적인 두려움이다.

만약 이러한 두려움을 별다른 방어기제 없이 반복 경험할 수 있는 사람이 있다면 그는 아마도 자신에 대한 사랑과 이해가 보기 드물게 깊은 사람일 것이다.

하지만 나는 그런 축복받은 소수의 범주에 들지 못했다. 유년기부터 나는 불안과 초조 그리고 대인관계의 불편감에 시달렸다. 그것이 두려움을 회피하기 위한 방어기제였다는 걸 첫아이를 낳고 나서야 알게 되었다. 마흔을 바라보는 뒤늦은 나이에 마주하기 시작한 두려움 속에는 맞는 아이와 때리는 엄마가 있었다. 그 두 사람을 나 자신으로부터 끝까지 숨기지 못한 것을 후회했지만 더 이상 그들을 억압할 힘이 내겐 없었다. 돌아설 곳도 도망칠 곳도 없었다. 두려움에 대한 깨달음 이후 나와 두 사람을 직면하게 한 것은 나의 시였다.

나에게 시란 무엇이었던 걸까.

내적 성장의 통과의례로서 두려움을 다룬 수작 「IT」에 나오는 루저클럽의 아이들처럼 나 역시 무의식적으로 숨기고 억압한 나의 모습이 있었다. 아무도 모르고 누구에게도 들키지 말았으면 했던 나의 모습. 그것은 양손이 닳도록 비는 아이의 모습이었다. 자신의 잘못이 무엇인지 알지도 못한 채, 알고자 하는 노력도 없이, 오로지 맞지 않기 위해 필사적으로 비는 아이.

내가 정말 두려워했던 건 맞는 아이도 때리는 엄마도 아닌 비는 아이였다. 비는 아이는 잘못을 한 아이이고 잘못을 한 아이는 나쁜 아이이다. 나쁜 아이는 나쁜 존재이며 세상에 태어나선 안 될 존재이고 이런 무가치하고 불온한 존재를 다양한 방식으로 드러나게 함으로써 어머니를 비롯한 사회의 권위적 시선으로부터 나를 숨겨줬던 것이 바로 나의 시였다. 이때의 시는 존재가 도피하는 장소가 아니라 존재가 스스로를 구현하는 방식 또는 형태에 가까웠다. 나의 시는 존재의 구체적 드러냄과 숨김이라는 양상을 지닌 나만의 특별하고 안전한 존재 방식이었다.

루저클럽의 아이들은 괴물 IT이 자신들의 두려움을 먹고 자란다는 것을 알게 되자 고통스럽지만 각자의 두려움에 차츰 맞서게 된다. 두려움을 숨기기 위해 가지게 된 각자의 방어기제에 대해서도 알게 된다. 괴물 IT은 아이들 내부의 두려움이 외부로 대상화되어 나타난 모습으로서, 두려움의 현신이며 허상의 실재다. 괴물 IT에게 습격당한 아이들의 육체적 죽음은 봉인이 해제된 내적 두려움의 현신에 압도당한 아이들이 스스로의 두려움 속으로 흡수된 것을 상징한다.

내면의 두려움을 만나기 전까지 아이들은 자신의

두려움을 약점으로 여기고 숨기거나 도피하거나 순응하려고 했다. 또한 두려움이 의식 밖으로 튀어나오지 못하도록 끊임없이 억압하고 혹시나 이런 비겁하고 겁 많은 자신을 타인에게 들킬까 전전긍긍한다. 하지만 자신의 두려움을 사실로 믿는 순간 괴물 IT이 나타난다는 것을 알게 된 아이들은 반대로 두려움을 믿지 않는다면 괴물 IT은 현실에서 존재할 수 없다는 것 또한 깨달아간다. 괴물 IT의 근거지인 마을의 폐가를 찾아간 루저클럽 아이들은 드디어 각자의 두려움과 정면으로 맞선다. 사실인 것만 같았던 비사실의 실재, 그 생생한 악몽을 향해 달려든다. 죽을힘을 다해 괴물 IT을, 사실은 자기 자신을, 마주하고 극복하고 수용한다.

내가 만약 그곳에 있었다면 나는 어떤 두려움을 만나게 되었을까. 나의 두려움을 먹고 사는 IT이 나에게 보여주는 영상은 무엇이었을까. 그것은 아마도 비는 아이를 때리는 나의 모습이 아니었을까. 아무도 가둔 적 없는 방 안에 스스로 틀어박혀 수치에 몸을 떠는 아이와 그런 아이를 두들겨 패는 나 자신.

인정하고 수용하기까지 정말 고통스러웠지만 나는 스스로를 향한 자기증오를 너무도 두려워했었다. 맞는 아이, 때리는 엄마, 아이에게 내사된 어머니, 내사된 목소리를 자기 목소리로 착각하는 아이의 자기증오.

시는 이러한 두려움의 다층적 구조를 들여다볼 수 있게 한 나의 고유한 에너지였다. 그러나 시를 만난 초기에는 시를 그저 내 안의 어떤 목소리라고만 생각했다. 중학교 2학년 여름 무렵 나는 그 목소리를 처음 들었다. 그날 주번이라 교실에 혼자 남아 있던 나는 단짝 친구가 다른 친구를 좋아하는 모습에 상심하여 집에 가는 것도 잊고 책상에 엎드려 있었다. 그때 머릿속에서 어떤 목소리가 들려왔다. 내 안에서 나긴 했지만 내 것이 아닌 것 같은 목소리였다. 하지만 그런 낯섦도 잠시 내 심정을 대변하는 별과 관련된 구절이 너무도 그럴듯하여 집에 도착하자마자 노트에 옮겨 적었고, 그것은 나의 첫 시가 되었다. 그날 이후 그 목소리는 점점 더 자주 들려왔고 그때마다 나는 노트에다 목소리가 불러주는 구절들을 옮겨 적기 시작했다.

습작 기간 동안 나는 이 목소리에 집중하고 받아쓰는 방법에 익숙해져갔다. 그때는 그런 목소리가 왜 나오는지, 어떻게 나오는지에 대한 사유보다는 그저 재미있고 신기한 마음이 더 컸다. 시가 그런 식으로 써지게 될 줄 전혀 예상하지 못했기 때문이다. 나와 나 자신, 나와 타인, 나와 세계 사이 경험에 대한 반응으로서 목소리가 울려 나올 때마다 때와 장소를 가리지 않고 받아 적으며 막연하게 시란 시간과 경험과 인식을 뛰어넘는 직관과 보편의 영역일 것이라고 생각했다. 이러한 시작 패턴은 첫 시집 『앨리스네 집』이 나올 무렵까지 지속되었다.

그런데 『앨리스네 집』 이후 나는 내 시의 정체에 대해 조금씩 생각하게 되었다. 나의 시편을 가능하게 하는 것이 무엇인지 궁금했다. 발화되는 시편 아래 존재하는 에너지로서의 시는 무엇인지도. 내 안의 자연발생적 목소리라고만 생각했던 시는 나와 나자신, 나와 타인, 나와 세계 사이에서 형성된 나의 경험과 특성이 만들어낸 것이었고, 특히 환상세계의 사실성과 현실세계의 환상성을 대비시켜 나의 불확실성을 표현하고자 했던 시도들이 첫 시집에 주되게 분포한다는 것을 알게 되었다. 그런데 그러한 시도들을 통해 나와 현실의 관계가 변하거나 존재가 규명되는 부분은 없었다. 시라는 작품으로서의 내용과 형식만 남고 내가 원하는 의문에 대한 해답은 없었다. 동어반복의 질문과 답변들은 현란하긴 했지만 그것뿐이었다. 그제야 나는 내가 시를 통해 일방적으로 내뱉는 것 이상의 소통을 원한다는 것을 알았다. 나와 나 자신, 나와 타인, 나와 세계, 사실은 나와 어머니 사이의 소통 말이다.

『앨리스네 집』 이후 나는 환상세계의 사실성보다는 현실세계의 환상성을 사실적 정황을 통해 드러내고자 움직여보았다. 그러자 현실세계에서 내 자신만 한 환상은 없다는 걸 깨달았다. 나라는 현실은 내 시의 전제 조건이 되었다. 나에게 나는 가장 비현실적 사건이고 나라는 비현실적 사건을 바탕으로 나의 구체적 현재가 진행되고 있다는 것이 늘 내 혼란의 핵심이었다. 내가 누군지 알 수 없는 채로 이 세계의 구체적 이름을 버젓이 가진다는 게 견디기 힘들었다. 이 모순은 해결될 수 없는 과제처럼 보였다. 나는 더 이상 내 목소리의 필사자만으로는 만족할 수 없었다. 시와 나는 동일한 존재의 이원적 양상이었다. 시편을 나오게 하는 힘이 시라면 시가 내 안에서 어떻게 구동되는지도 알아야 했다. 비록 그것이 외형적 시의 아름다움에서 멀어지는 일이 되더라도 나는 내 안에 있는 시와 소통하고 싶었다.

두 번째 시집 『4를 지키는 노력』을 출간하면서 나의 경험 안에서 사실인 것과 그것의 역할에 좀 더 주목했다. 내가 무엇 때문에 기존과는 다른 시원을 탐색하는지 불편했지만 『앨리스네 집』과 같은 자리라는 것을 알면서도 멈춰 있는 것은 의미가 없다고 생각했다. 시는 자라고 성장하고 있었고 나 역시 마찬가지였다. 그것이 시가 외형적 작품의 형태로만 존재할 수 없는 이유다.

시는 필연적으로 나라는 유기체와 함께 있고 유기체의 변화를 반영한다. 특히 나는 내가 어머니로부터 숨으려는 동시에 어머니에게 다가가고 싶어 한다는 것을 깨달았기 때문에 나와 어머니 사이의 대상관계가 나와 시 사이에서 반복될 수 있을 것 같았다. 왜냐하면 어머니나 시나 내게 권위적 대상으로 작용한다는 공통점이 있었기 때문이다. 내가 시를 쓰는 방식이 내가 자라난 방식과 무관하지 않다는 것을 경험하면서 온전히 나를 드러내는 시 쓰기는 어떻게 가능할 것인지 생각해야 했다.

『4를 지키려는 노력』 이후 나는 본격적으로 유년의 나와 어머니의 관계를 탐색했다. 심리학과에 편입해 공부도 시작했다. 그러면서 작품과 나 사이에 흐르는 관계성에 대해 조금씩 깨달아갔다.

나는 시의 저자인 동시에 시의 외형이었다. 나와 시는 한 생명체의 외부와 내부처럼 연결되어 있었다. 나는 시의 은유였고 시는 나의 은유였다. 나와 시가 유기적 관계로 존재한다는 사실은 내게 큰 발견이었다. 왜냐면 이전까지 시와 나는 불러주는 자와 받아쓰는 자의 이분법적 관계라고 생각했기 때문이다. 하지만 나와 나의 시는 한 존재의 외연, 내연과도 같았다. 작품으로서의 시편과 그 시편을 가능

하게 하는 시의 관계, 에너지로서의 시와 그 시를 작
동시키는 나와의 유기적 관계에 대해 사고하고 공부
하면서 많은 두려움이 있었다. 시에 변화가 생기는
것에 확신이 없었고 이대로 계속 써나가도 될까라는
불안 때문이었다.

　하지만 한 가지 확실한 것은 시는 멈춰 있지 않다
는 것이었다. 내가 멈춰 있을 수 없는 숙명의 유기체
인 것처럼 시도 나와 마찬가지로 탄생하고 성장하고
소멸하는 에너지 자체였다. 시의 생물성에 대해, 시
와 나의 유기적 연결성에 관해 생각한 것은 『4를 지
키려는 노력』 이후부터 지금껏이다. 그것이 나의 시
에 어떤 영향을 미칠지는 알 수 없다. 다만 내가 나
의 변화를 거부하지 않고 나의 존재 깊이 들어가고
있다는 정도만 지금은 확신할 수 있을 뿐이다.

　지금은 목소리에 기대서만 시를 쓰지는 않는다.
물론 목소리를 듣는 날도 있지만 마음을 가다듬고
시라는 에너지에 집중하는 날이 많다. 시가 찾아오
지 않아도 내가 시에 닿기 위해 노력한다. 이것은 시
를 쓰는 행동적 측면의 변화이기도 하다. 시가 느끼

는 것을 내가 감지하고 내가 느끼는 것을 시가 감지
하도록 하는 방식, 다시 말해 시와 나 사이의 유기적
인식에 집중하는 편이다.

결국 내가 만나야 할 괴물 IT은 나 자신이었다.

탄생과 죽음을 포함하는 전체로서의 나 자신, 해
결될 수도 없고 해결되지도 않는 가장 큰 두려움은
하나의 질문인 동시에 하나의 대답으로 놓여 있는
나 자신이었다.

오랫동안 나는 시의 목소리를 들어왔고 지금은
그 목소리를 내는 시의 몸에 다가서고 있다. 그 과정
에서 어머니를 만났고 어린 시절의 나를 만났다. 그
리고 어머니라는 두려움에 집중하면서 다른 두려움
으로부터 도피하는 나 자신도 만났다. 괴물 IT을 두
려워하는 동안에는 다른 괴물을 두려워하지 않아도
된다고 안도하는 나 자신을 만났다. 그리고 내 시를
이토록 활발하게 구동시키는 에너지가 결국은 괴물
IT에 가려진 다른 괴물, 즉 죽음과 맞닿아 있다는 것
을 알게 되고 말았다.

시는 멈춰 있지 않으니까 말이다.

내가 아무리 시 쓰기에 열중하더라도 그 행위는 나와 시의 끝을 막을 수 없으며, 시는 나와 함께 소멸할 것이라는 것, 나는 시와 함께 소멸할 것이라는 것, 이 두려움에 도착하지 않기 위해, 내가 가진 삶과 죽음이라는 존재 양식을 인정하지 않기 위해, 나는 나의 모든 시편들을 징검다리처럼 놓아두고 도망가고 있었다.

시는 이러한 나를 죽음의 정면으로 데려오기 위해 거대한 두려움의 기계를 가동해왔고, 죽음에 대한 수용과 책임이 내 두려움의 근원임을 끊임없이 알려왔던 것이다. 내가 시와 함께 있을 때나 그렇지 않을 때나 시가 내게 원했던 것은 그것 한 가지였다.

시인의 말

말을 잃어버린 시절에 행운처럼
관용처럼 찾아와준 시들이다

당신의 시간을 조금 빼앗고
내 방식으로 낭비해도 되겠는가

당신의 마음에 나의 상처를 새겨 넣고
조금 흔들어보아도 되겠는가

나는 지금 몹시
당신이 되고 싶다

2020년 11월

가차 없는 나의 축법소녀

지은이 황성희
펴낸이 김영정

초판 1쇄 펴낸날 2020년 11월 25일
초판 3쇄 펴낸날 2024년 12월 1일

펴낸곳 (주) 현대문학
등록번호 제1-452호
주소 06532 서울시 서초구 신반포로 321(잠원동, 미래엔)
전화 02-2017-0280
팩스 02-516-5433
홈페이지 www.hdmh.co.kr

ⓒ 2020, 황성희

ISBN 979-11-90885-44-7 04810
　　　979-11-90885-43-0 (세트)

* 책값은 뒤표지에 있습니다.

현대문학 핀 시리즈 시인선